長編小説

おねだり団地妻

橘 真児

竹書房文庫

目次

※この作品は竹書房文庫のために
書き下ろされたものです。

プロローグ

その焼き鳥屋は、東京西部の、住宅街のはずれにあった。中央線快速が止まる駅前からは距離があり、当然ながら繁華街ではない。決して立地条件がいいとは言えなかった。

にもかかわらず、毎日のように賑わっていたのは、勤め帰りの疲れた男たちが多く立ち寄っていたからである。近くには十棟を構える団地もあって、そこに住む者には常連も多かった。

店はカウンターが主ながら、奥にふたつほどテーブル席がある。一卓に四人も坐ればギュウギュウという狭いところに、今日も集う面々があった。

「いや、しかし、働けど働けど、我が暮らしは如何ともし難いねぇ」

その場では年長である堀井氏が、やれやれという口調でこぼす。年長とは言っても、まだ四十二歳の男盛りだ。

「啄木(たくぼく)ですか」

そう言ったのは、黒縁の眼鏡をかけた城山(しろやま)氏だ。髪も七三分けで、お堅い風貌そのままに、医薬品の会社で研究員をしていると聞いた。根っからの理系なのかと思えば、文学の知識もあるらしい。

「ところで、啄木ってどういう意味かご存じですか？」

営業マンらしい、礼儀正しい口調で問いかけたのは飯塚(いいづか)氏。ビールをコップで二杯ほど空けただけなのに、早くも頬が赤らんでいた。

「え、意味なんかあるのかい？」

堀井氏が訊(き)き返す。

「キツツキって意味なんですよ。このあいだ、ふと気になって調べたら、国語辞典に載ってました」

飯塚氏の答えに、城山氏がなるほどという顔でうなずいた。

「コツコツと創作に取り組んで、文学界に跡を残そうって気持ちの表れだったのかもしれませんね」

「結果、二十代で早世したわけだろ？　報われないねえ」

大袈裟(おおげさ)に嘆いた堀井氏が、自嘲気味に笑みをこぼす。

「まあ、報われないのは我々もいっしょか」

「しょうがないですよ。景気が良くならないことには」

「安穏(あんのん)としているのは、一部の富裕層だけだからなあ」

「しかも、そういう連中が社会を牛耳っているんです。庶民の気持ちなんて、わかるはずがないんですよ」

愚痴(ぐち)る面々は、全員団地の住人である。勤め先は異なるものの、この焼き鳥屋に通ううちに顔なじみとなり、飲み仲間となった。住んでいる棟が近く、皆妻帯者であることも、彼らの結束を強めたようだ。

そして、男同士で飲んでいれば、とかく話題はシモに向かうものである。

「まったく、景気も股間も上向かないですね」

堅物に見える城山氏が、そんなことをぽろりと言ったものだから、座がますます賑わった。

「景気はともかく、股間は現役バリバリだろ？」

「いえ、三十を超えてから、めっきり弱くなりました」

「私もです」

「だけど、奥さんは承知しないいんじゃないの？　まあ、ウチがそうなんだが」

「女は男と逆で、年を取るごとに貪欲になるようですからね」

「なるほど、そうなんですか……」

「そうそう。相手をする男は大変だよ」

そんなやりとりを、ビールをちびちび飲みながら聞いていた夏木靖史（なつきやすし）は、ふうとため息をついた。その場では最年少の二十八歳だから、黙っていたわけではない。

「いいじゃないですか。奥さんが家にいるだけで」

苛立（いらだ）ちを隠せずにこぼすと、三人の視線がこちらに注がれる。

「ああ、そうか。夏木君は、奥さんに逃げられたんだものな」

堀井氏がストレートに言ったものだから、靖史は口許（もと）を歪めた。

「逃げられたって……ただ実家に帰っただけですよ」

もっとも、『しばらく時間を置きましょう』という素っ気ない置き手紙を残し、妻は出て行ったのだ。それから一ヶ月近く経つ。もはや単なる里帰りとは言えない。

このまま別れることになるのかと、不安は確かにある。けれど、それ以上に靖史を悩ましくさせているのは、彼女が出て行った理由がまったくわからなかったからだ。

「まさか、我々とこうして飲んでいたのが原因ってことはないよね？」

城山氏が心配そうに訊ねる。

「いえ、多くても週に二、三度じゃないですか。それに近場ですから、その点はむしろ安心していたぐらいですよ」

「てことは、夜の生活で満足させられなかったのかい？」

堀井氏の問いかけにも、靖史はかぶりを振った。

「そんなことはないです。毎晩と言っていいぐらいに抱いてましたから。まだ若いんですから」

答えると、堀井氏がわずかに眉をひそめる。四十路過ぎの彼には、嫌みに聞こえたかもしれない。

「まあ、女性は気まぐれだからさ。女心と秋の空と言うし」

城山氏が靖史を慰めると、

「もう春ですけどね」

飯塚氏が茶々をいれるでもなく付け加える。桜の季節はまだ先でも、カレンダーは三月になっていた。

「そのことわざって、もともとは男心と秋の空だったんだよね」

知識を披露してから、堀井氏がしみじみと述べる。

「ていうか、おれだって女房が小野寺さんみたいな女性だったら、毎晩でも抱きたくなるさ」

「ああ、そうですね」

「それは激しく同意です」

三人が意見を同じくする。靖史は口にこそ出さなかったものの、確かになとうなずけるものがあった。

小野寺涼花は、団地内の男なら知らぬ者はいないというほどに、顔と名前を知られた奥さんだった。

年はおそらく三十前後か。目がぱっちりして、人好きのする優しい面差しは、お嫁さんにしたいナンバーワンの女優に少し似ている。いや、それ以上にチャーミングであろう。

見た目が麗しいばかりではない。すれ違うだけの団地の住人にも、笑顔で挨拶をしてくれる。靖史も初めて『こんにちは』と会釈されたとき、その場に十秒ほども立ち尽くしてしまった。彼女の魅力に、一発で引き込まれてしまったのだ。

すべてに置いて満点の女性ゆえ、男たちに好かれるのは納得できる。だが、靖史は横恋慕しようなんて、まったく考えなかった。仮にアプローチしたところで、自分なんかが相手にされるはずがないからだ。

　そもそも、いかにも貞淑な良妻という涼花が、他の男になびくとは思えない。だからこそ、みんなは彼女の夫に対するやっかみ半分で、話題にするのである。

　靖史はそんなことよりも、妻がいなくなってからというもの、日々の欲望を右手で発散している状況を何とかしたかった。

（まったく、何だっていうんだよ……）

　胸の内で愚痴り、コップのビールをぐいと飲み干す。不満の矛先は同い年の妻――知美に向いていた。

　もともと高校の同級生で、けれど当時は付き合ってもいないし、異性として意識することもなかった。それが偶然にも同じ会社に就職。入社式で再会を懐かしみ、意気投合したことで付き合うようになった。結婚したのは、ほんの二年前のことだ。

　結婚後、彼女は靖史の希望で専業主婦となった。決して稼ぎが多いわけではなかったが、家族を養うという立場に憧れがあって、そうしてほしいと頼んだのだ。

　そのとき、知美は渋い顔を見せたものの、いちおう了承してくれたのである。しかし、それが嫌だったのか。他に彼女が夫婦関係に不満を覚える点など、まったく心当たりがなかった。

（仕事がしたいのなら、そう言えばいいじゃないか）

理由を明らかにされていないから、ナマ殺しもいいところである。胸の内で苛立ちを噛(か)み締める靖史に、堀井氏がビールを注いでくれる。

「なんだい、奥さんを抱いていないから欲求不満なのか？」

「いや、そんなことは……」

否定しきれずに口ごもると、彼がニヤリと品のない笑みを浮かべる。

「だったら、ウチの女房を抱いてみるかい？」

思いもよらないことを言われ、危うくビールを噴き出しそうになった。

「まったく、飲み過ぎたんじゃないですか？　冗談が過ぎますよ」

靖史は眉をひそめ、やけに苦いビールを飲み直した。

第一章　旦那の代わりに寝室へ

1

会社帰りに、たまたま堀井氏と一緒になったのは、その二日後であった。

「一杯やっていくかい？」

誘われて、「いいですね」と返事をしたものの、ふと気にかかる。

「家のほうはだいじょうぶなんですか？」

望んだ状況ではないけれど、靖史は独りだから気楽に飲み歩ける。しかし、彼は家で奥さんが待っているのだ。

「なに、晩酌がわりに軽く飲むだけだから」

そういうことならと、靖史は付き合うことにした。いつもの焼き鳥屋の、今日はカウンター席にふたり並んで坐る。

「ところで、一昨日話したことなんだが」

注ぎあったビールで乾杯し、コップを傾けたところで、堀井氏が話を切り出した。

「え、何ですか？」

「ほら、ウチの女房を抱かないかって話だよ」

何のことかと数秒考え、思い出すなり我知らず顔をしかめる。飲み始めで、まだ酔っているわけでもないというのに。そこまでして妻に逃げられた自分をからかいたいのかと、腹も立ってきた。

ところが、堀井氏は真面目な面持ちで話しだす。

「おれももう厄年だし、まあ、数え年でいったらとっくに過ぎているんだが、とにかく、アッチのほうがだいぶ心許なくてね」

「アッチと言いますと？」

「チンポの勃ち具合だよ」

露骨な言い回しに、誰かに聞かれたらどうするのかと、靖史のほうがうろたえた。

「ところが、こっちが弱くなるのに反比例して、女房のほうは俄然やる気なんだ。子供が早くほしいのもあるんだろうが、それ以上にセックスが好きなんだよ。自分からあれこれ試したがるぐらいだから」

　何をどう試すのか気になったものの、さすがに詳細を訊ねるのはためらわれた。

「奥さんって、おいくつでしたっけ？」

「ちょうど三十だよ。おれよりひと回り下なんだ」

　そんな若い奥さんをもらえるなんて羨ましいと、思わないではなかった。ただ、先に年を取るわけだから、いずれ彼みたいな苦労を背負い込むのは必然か。相応の覚悟をしないまま、年齢差のある女性と結婚などするべきではないのかもしれない。

「奥さんもそれだけ若ければ、求めたくなるのは当然なんでしょうね」

　他人事みたいに相槌を打つと、堀井氏が顔をしかめる。本人にとっては、けっこう深刻な問題らしい。

「とにかく、毎晩のように求められるから、おれはヘトヘトなんだ。会社でこき使われて、家でも睡眠時間を削ってこき使われて、このままだと早死に確定だよ」

　大袈裟だなと、靖史はあきれた。もっとも、それはやっかみから来る感想でもあったろう。

（いいなあ……おれだったら、喜んで相手をするのに）

　よっぽど疲れているときや、彼女が生理のときは別にして、靖史はほとんど毎晩のように妻を求めた。生理中だって、手や口で射精に導いてもらったぐらいである。

そのため、独りになった今は、毎晩セルフサービスに勤しむしかなかったのだ。

「結婚して何年になるんですか？」

「ええと、五年かな。そりゃ、おれだって最初の頃は、自分から求めたよ。だけど、ずっと抱いていれば新鮮さもなくなるし、それこそ四十を過ぎれば精力も衰えるし、昔と変わらずとはいかないさ。まあ、仕事が忙しくなったせいもあるんだが」

そう言えば、去年の春に、課長補佐に昇進したと聞いた。

「そういうことなら、奥さんも納得してくれるんじゃないですか？」

「夏木君だって、結婚しているからわかるだろう？　女っていうのは理性じゃなくて、感情で生きてるんだ。だから相手の都合より、自分の欲求が優先されるのさ」

それは確かにその通りかもと、靖史は無言でうなずいた。実際、彼の妻も、ほとんど気まぐれみたいに出て行ったのだから。

そこまで切々と述べられても、妻を抱かないかという堀井氏の言葉を、靖史は愚痴ついでの冗談だと思っていた。いくら求められすぎてうんざりしていても、自分の妻を他の男の自由にさせるはずがないと。

ところが、彼は本気だったのだ。

「そういうことだから、よろしく頼むよ」

「え、何をですか？」

「だから、女房を抱いてくれ」

「本気なんですか⁉」

「冗談でこんなこと言えないさ」

本当に人妻を抱けるのか。そう考えたら、靖史は妙に落ち着かなくなった。

(堀井さんの奥さん……麻里江さんだったよな)

同じ棟なので、何度か顔を合わせたことがある。靖史よりふたつ年上になる彼女は、エクボがチャームポイントの愛らしい容貌をしている。

トレーニングウェアでジョギングをするところも、たまに見かけることがあった。気さくで快活、挨拶の声も元気な女性なのだ。

その麻里江が夫婦生活で、そんなにも貪欲に求めるなんて信じ難かった。

とは言え、結婚して五年。それ以前に付き合った期間も考えれば、セックスの回数を積んだ肉体は、女の歓びに目覚めたのではないか。からだを動かすことを好むのなら肉食系かもしれず、ならば求めたくなっても不思議ではない。

(ウチはそこまでじゃなかったな……)

妻の知美も、二十八歳と肉体は相応に成熟していたが、セックスが好きというほどではなかった。求めれば応じたものの、彼女からのおねだりは皆無だ。その最中も、快さげに喘いでも、挿入では昇りつめなかった。

いずれは堀川氏の奥さんのように、飽くことなく求めるようになるのだろうか。靖史はいっそそのほうがよかった。少なくとも、二十代である今のうちは。

いや、今はそんなことを考えている場合ではない。

「だけど、奥さんは承知しないでしょう。おれなんかが相手じゃ嫌がりますよ」

いちおう謙遜すると、堀井氏は「心配御無用だよ」と断言した。

「女房には気づかれないようにするんだからさ」

「え、どういうことなんですか?」

抱いてくれというのは、すなわちセックスをすることだ。気づかれないように、どうやって交わるというのか。

「はいよ、本日の盛り合わせ」

カウンターの中から、親父さんが注文したお勧め品を出してくれる。もう一度ビールを注ぎ合い、小休止してから、堀川氏が声をひそめて話しだした。

「さっきも言ったけど、ウチのやつは好奇心が旺盛というか、いろいろなことを試したがるんだ」

「それって体位のことですか？」

「他にもいろいろとさ。まあ、一般的なのはコスプレかな。べつに制服プレイとかじゃなくて、エロいランジェリーを着たりとか」

それは確かにそそられるかもしれない。靖史の脳裏には、セクシーなインナーを身にまとった麻里江が浮かんでいた。

「他にも、手足を軽く縛ってみたりとか、おしりを叩かせたりとか」

「え、それってＳＭ――」

つい声が大きくなってしまい、堀井氏が鼻先に人差し指を立てる。

「シッ。声がでかいよ」

「あ――」

靖史は焦って口をつぐんだ。幸いにも、焼き鳥の脂がジュージューと焼ける音がしており、他のお客には聞かれなかったようだ。

「ＳＭなんて本格的なやつじゃないよ。ちょっと刺激を求めるぐらいでさ」

所謂ソフトＳＭというやつなのか。

「他にもオモチャを使ったりとか」

「え、オモチャ？」

「ローターとか電マとか。中に挿れるやつは、さすがに好きじゃないみたいだが」

それはバイブのことなのか。夫のペニス以外を挿入されたくないのなら、尚さら代わりに抱くなんて拒まれるであろう。

しかし、堀井氏はすでに計画を練っていた。

「プレイの一環としてあいつに目隠しをさせて、手首も縛って動けなくしておくんだよ。そのあとでおれと夏木君がこっそり入れ替われば、気づかれることはないだろ」

「そうすると、こっちは声を出せないいんですね」

「耳栓をさせればいいさ。いや、ヘッドホンをさせて、何かを大音量で聞かせるのもいいいな」

企みの全容がわかり、それなら可能かもと思えてくる。だが、靖史にはもうひとつ気になることがあった。

「あの……堀井さんは平気なんですか？」

「何がだい？」

「奥さんが他の男に抱かれるんですよ」

「素性のわからない男にやらせるわけじゃない。おれは夏木君を知っているし、べつにかまわないさ」

寛容と言うより、いっそ豪儀な性格である。

（おれは無理だな……）

靖史は胸の内でつぶやいた。別居をしていても、妻が実家にいるとわかっているから、とりあえず平穏を保っていられるのだ。もしも他の男と一緒にいるなんて知らされたら嫉妬に狂い、仕事もできずにメソメソと泣き暮らすことになったろう。

なのに、堀井氏は、奥さんが他の男に穢（けが）されてもかまわないらしい。

（ひょっとして、昔けっこう遊んだのかな）

今は腹も出て、仕事疲れが顔に滲（にじ）み出ているものの、かつてはモテモテだったのではないかと予想される整った面立ちである。何人もの女性と付き合ってきたからこそ、妻に執着することなく他の男に貸すことができるのではないか。

靖史はと言えば、結婚前に付き合った異性はひとりだけである。大学時代、サークルのコンパで知り合った他の学部の女子学生とウマが合い、時間をかけずに深い関係になった。

ノリだけで最後までいったところからして、向こうは真剣に交際するつもりなどなかったらしい。ほんの数回のデートと、セックスも二回しただけで終わった。

正式に別れましょうと言われたわけではない。彼女が他の男と仲睦まじげに歩いていたのを目撃し、遊ばれたとわかったのだ。

まあ、童貞を卒業できただけでも良しとすべきなのか。ショックだったのは事実ながら、靖史はすっぱりと諦めた。その後積極的に恋人を作ろうとしなかったのは、軽い女性不信になったためでもあったが。

それでも、ちゃんと結婚できたのは幸いであったろう。なのに、ここに来て別居生活を強いられている。もともと女運が悪いのかもしれない。

ともあれ、

「だいたい、見ず知らずのやつと浮気をされるよりは、ずっとマシだよ」

堀井氏の発言に、靖史は驚きを隠せなかった。

「え、奥さんが浮気するんですか？」

「そんなことはないと思いたいけどさ。ただ、欲求不満が高じたら、男を引っ張り込むかもな」

あの奥さんがそんな軽はずみなことをするとは思えず、靖史は同意しかねた。

「とにかく、この計画で女房が満足すれば、万事丸くおさまるんだ。それに、夫としての務めを果たしたことにもなるし」

肝腎の役割を他人任せにして、務めを果たしたと言えるのだろうか。

(だけど、そういう理由なら、協力してもいいのかも)

疑問を覚えながらも、靖史は乗り気になりつつあった。堀井氏の妻、麻里江が自由を奪われ、あられもない姿で男を待ちわびる姿を想像したためもあった。

「というわけで、さっそく今夜どうだい？」

いきなりの提案に、靖史は面喰らった。

「え、こ、今夜？」

「そうさ。善は急げって言うだろ？」

余所の奥さんを抱くのが、善いことなんて言えるのか。首をかしげざるを得なかったものの、たとえば明日になどと時間を置いたら考え直し、辞退したに違いない。少しでもやる気になっているときだからこそ、受け入れる気になったのだ。

妻の知美に罪悪感を覚えないわけではなかった。けれど、彼女が実家に帰ったせいで、靖史は性欲を持て余すことになったのだ。こうなったのはお前のせいだと責任を転嫁し、自らの欲望を正当化する。

「わ、わかりました」

わずかな戸惑いを残してうなずくと、堀井氏が機嫌よさそうに笑みをこぼした。

「そう来なくっちゃ。じゃあ、とりあえず乾杯だ。そのあとで、今夜の手筈(てはず)を説明しよう」

「はあ……」

ビールがトクトクと注がれ、ふたりはコップをぶつけた。

「乾杯。よろしく頼むよ」

「こ、こちらこそ」

靖史はコップのビールをひと思いに空けた。そのぐらい勢いをつけないと、とても役目を果たせそうになかったからだ。

2

靖史たちの住む団地は、五十年近くも前に建てられたものだ。まさに昭和の遺物と呼んでいいだろう。

しかし、見た目はそこまで古さを感じない。最初に入居していた世代が退去しだした頃から、全体に改装されたからである。外壁ばかりでなく、内部も含めて。

特にキッチンやバス・トイレといった水回りは、自動給湯や温水洗浄など、新しい設備に交換されている。各棟四階建てでエレベータがないのは、上の階の人間にはつらいものの、家賃が安いことを考えれば妥協すべきところであろう。

加えて、西東京の文教地区で、環境もいい。都心までは少々時間がかかるが、それも許容範囲と言えた。

靖史と知美の夫婦も、家賃の安さからここを選んだ。３ＤＫと部屋数も充分で、和室と洋室が両方あるのも魅力だった。

現在住んでいるのは、ほとんどが新しく入居したひとびとだと聞いている。昔から住み続けている世帯も、親の世代は余所に越して、三〜四十代ぐらいの夫婦が最も多いようだ。子供も増えている。

中にはゴーストタウン化したり、外国人が多く入居するなどして、治安の問題が生じている団地もあるらしい。しかし、ここは世代交代がうまくいった例であろう。

近所付き合いの面でも、穏やかなひとが多いのか、諍いごとは耳に入ってこない。それゆえに、行きつけの焼き鳥屋で顔なじみ同士が飲むという、昔ながらの良好な関係が築けるのだ。

だからと言って、自分の妻を抱かせるなんて近所付き合いは、過去にもなかったのではないか。

（本気なのかな、堀井さん……）

靖史は落ち着かなかった。自宅に帰ってシャワーを浴び、リビングにしている洋間でテレビを眺めていたのだが、番組の中身がまったく頭に入ってこない。時計を眺めては、ソファの上で尻をもぞつかせた。

堀井氏の提案では、今夜は早めにベッドに入り、準備を整えてから連絡するとのことだった。遅くとも十時前には電話するとも言っていた。

（準備ってことは、本当に――）

奥さんの両手を結わえつけ、目隠しをさせているのか。そればかりでなく、彼女は夫婦の営みに相応しい、セクシーな身なりなのだろう。

三十路の人妻がジョギングをしていたときの光景が、脳裏に蘇る。トレーニングウェアはゆとりのあるサイズに見えたが、ヒップに布がぴっちりと張りつき、上下にはずむたわわな丸みが、熟れた色気を漂わせていた。

（あのおしりを、ナマで拝むことができるのか）

もっとも、両手を縛られて固定されているのなら、体位は限られるかもしれない。と言うより、気づかれることなく交わるなんて、本当に可能なのであろうか。

（おれのさわり方とか、堀井さんとは絶対に違うだろうしな）

　それに、挿入したときに、ペニスの大きさやかたちなどで、夫ではないと気づかれたらどうしよう。とは言え、男である靖史には、女性の膣（ちつ）内がどれほど敏感なのか定かではない。

　まあ、仮に夫ではないとバレても、目隠しをしていれば、相手が誰なのかまではわかるまい。責められるのは堀井氏なのだ。

　ただ、あとで夫婦が揉めることになったら気まずいなと思ったとき、彼に用意するよう言われたものを思い出す。

「あ、そうだ。コンドーム」

　靖史は独りごち、急いで寝室に行った。

　和室にダブルサイズの厚手のマットレスを敷いた寝床。今はそこで、靖史は独り寂しく夜を過ごしていた。

　和風のナイトスタンドを載せた低いサイドテーブルには、引き出しがあった。その中から避妊具を取り出し、ちょっと考えてからポケットに三個入れる。

　女性を抱くのは妻が出て行って以来である。オナニーで欲望は発散していたものの、やはりセックスほどの充実感は得られない。

　ほぼ一ヶ月ぶりの交わりゆえ、一度では満足できない気がした。だからこそ、予備も考えて三個用意したのだ。

ちゃんとゴムを着けるよう堀井氏が求めたのは、妊娠したらまずいからだろう。大きくなって顔が父親に似ていなかったり、血液型などで不都合が生じたら、ひと悶着起きることは確実だ。

靖史とて、自分の子種が余所の子供になることを望まない。よって、避妊するのはやぶさかではなかったものの、できればナマでしたいというのが本音だ。

(せっかくやらせてくれるのなら、安全日を選んでくれれば良かったのに)

などと、贅沢な不満を抱く。そのとき、スマホに着信があった。堀井氏だ。

「はい、夏木です」

『堀井です。用意ができたから、ウチに来てもらえるかな』

「わかりました」

『ドアのロックははずしてあるから、呼び鈴を鳴らさずに入ってきてくれ』

「はい。すぐに行きます」

通話を切り、いよいよだと身震いする。靖史は急いで自宅を出たが、ドアに鍵をかけなかった。堀川氏と入れ替わり、彼がこっちで過ごす手筈になっていたからだ。

靖史は四階で、堀川家は二階である。階段を駆け下り、通路も早足で歩いて目的の部屋に到着する。言われたとおりに呼び鈴を鳴らさず、ドアを開けた。

　玄関に入ると短い廊下があり、右手側に洗面所兼脱衣所、左手側にトイレのドアがある。脱衣所の奥が浴室で、靖史のところとは左右の配置が逆になっているが、造りは同じだ。

　廊下の先がダイニングキッチンで、隣に四畳半。その奥に六畳間が二つ並んだ３ＤＫが、この団地の標準的な構造である。角部屋はもう少し広く、部屋の配置が異なっているらしい。

　ダイニングキッチンに入ったところで、奥の部屋から堀井氏が現れた。

「やあ」

　どこか照れくさそうな笑みを浮かべた彼は、上下灰色の地味なスウェット姿である。スーツ姿のときよりも、腹の出具合が目立っていた。

「ど、どうも」

　靖史が怖ず怖ずと頭を下げると、彼は冷蔵庫の前に進み、中から缶ビールを一本取り出した。プルタブを開けてひと口飲み、ふうとひと息つく。

「それじゃあ、あとはよろしく。好きにしてかまわないからな」

「あ、はい……」

「コンドームは？」

「持ってます」

「よし。おれは夏木君のところにいるから、何かあったら電話してくれ。終わったら、女房はそのままにして帰ればいいぞ」

「わかりました」

「じゃ、おれは行くから」

飲みかけの缶ビールを片手に玄関へ向かった堀井氏に、靖史は慌てて声をかけた。

「あ、あの――」

本当に奥さんを抱いていいのか、確認したかったのである。けれど、この期に及んでしつこく問うと、ビビっているのかとあきれるかもしれない。

「え、なんだい？」

「ええと、ウチの冷蔵庫にもビールがありますので、よかったら飲んでください」

咄嗟に誤魔化すと、彼が笑みをこぼす。

「悪いな」

「いえ、こちらこそ」

ご馳走になりますと言いかけて、口をつぐむ。さすがに品がないと思ったのだ。

「まあ、ゆっくり楽しんでくれ」

堀井氏が出て行くと、靖史はいよいよ追い詰められた気分になった。もはや退くことは不可能。やるしかないのだ。

何より、拘束されている人妻を、ほったらかしにしておけない。

堀井氏が出てきた部屋に向かい、そろそろと引き戸を開ける。何も聞こえないようにしておくと言われたが、慎重に行動せずにいられなかった。

そこはフローリングの洋間であった。ベランダに面した掃き出し窓の反対側の壁に、ダブルサイズのベッドが鎮座している。

その上に、あられもない姿の女性がいた。堀井氏の妻、麻里江だ。

（……マジかよ）

靖史は息を呑み、信じ難い光景を凝視した。

彼女は頭の上で両手首を交差させて縛られ、しかもヘッドボードに紐が結びつけられている。両脚は自由に動かせるようながら、逃げることは不可能だ。

頭の下には大きめの枕があり、目にはアイマスク。視界は奪われているものの、ヘッドホンはつけていなかった。

（え、耳栓だけなのか？）

それでは完全に聞こえないわけではあるまい。迂闊に声は出せないなと思いつつ近づけば、耳に嵌まっていたのはただの耳栓ではなかった。ワイヤレスのイヤホンだったのである。

ヘッドホンでは、頭を動かしたときにはずれてしまうと、こちらを選んだのか。では、いったい何を聞いているのかと考えたとき、窓の脇にある中型のテレビが点けっぱなしなのに気がついた。

その画面では、裸の男女が絡みあっていた。見るからにハードそうなアダルトビデオだ。ただ、テレビから音声は流れていない。

（そうか、どおりで……）

さっきから三十路妻の下半身が悩ましげにモジモジしていたのは、煽情的な喘ぎ声を聞かされているためなのだ。

麻里江が身にまとうのは、上半身はセクシーなナイティである。赤みの強いピンク色で、腰にどうやら届く程度に丈が短い。前開きで、鳩尾のあたりまではだけている上に、ノーブラの乳首が透けて見えるほどに薄かった。

寝間着としての機能性は到底期待できず、明らかに男をその気にさせるためにまとうものだとわかる。事実、さっきまで緊張で縮こまっていた靖史のペニスが、海綿体を充血させつつあった。

　女らしくむっちりと張り出した腰回りをガードするのは、こちらも下着としての役目を果たせそうにない、シースルーのパンティ。色はベージュかと思えば、肌の色がそのまま透けているのだ。

（エロすぎるよ、こんなの）

　靖史はナマ唾を飲み、彼女の足元のほうからベッドにあがった。

　半分近くもあらわになった肌が、甘ったるい匂いを漂わせる。風呂あがりらしく、ボディソープや化粧水の香料が強いものの、なまめかしい女くささも混じっているようだ。淫らな状況に置かれて火照った女体が、素のパフュームをくゆらせているのではないか。

　その証拠に、ノースリーブに近いナイティの、申し訳程度の袖では隠しきれない腋窩にきらめくものがあった。アイマスクで半分近く覆われた頬も、高熱でも出したみたいに赤く染まっている。

「ね、ねえ、まだなの？」

　麻里江が焦れったげに身をくねらせる。熟れたボディは、早く抱いてちょうだいとせがんでいるのが見え見えだ。

おかげで、靖史は一気に劣情モードになった。

鼻息を荒くしながら、着ているものを脱ぐ。どうせ彼女には見えないのだからと、躊躇（ちゅうちょ）なく素っ裸になった。股間にそそり立つものを上下に振り、かぐわしい女体に接近する。

「え？」

麻里江が身を強（こわ）ばらせ、警戒の声を発する。見ることも聞くこともできなくても、近づく者の気配を感じたのだろう。

夫以外の男が迫っていると、気づいたわけではあるまい。放置されたあとゆえに、何をされるのかと怯えずにいられなかったのではないか。

靖史は手を剝（む）き身の太腿（ふともも）に置き、スリスリと撫でた。

「ひッ」

息を吸い込むような声を洩（も）らし、人妻が熟れ腰をビクンと震わせる。ほんの軽いタッチなのに、かなり感じたと見える。

(けっこう敏感になってるみたいだぞ)

視覚と聴覚が奪われているぶん、他の感覚が研ぎ澄まされているのか。ならばと、手を徐々に内腿側にすべらせると、シーツの上でヒップがいやらしく揺れだした。

「そ、そんなエッチなさわり方、しないでぇ」

艶っぽい声に、イチモツがビクンと反応する。女体の生々しい反応を前にして、昂奮がうなぎ登りであった。

（おれ、麻里江さんを感じさせているんだ）

快活で気立てのいい団地妻の、夫にしか見せないであろう姿を目の当たりにしているのだ。普段のひと好きのする笑顔を知っているだけに、いっそう淫らに映る。

「あ、ああ、いやぁ」

嘆きながらも、麻里江が自ら下肢を割り開く。シースルーのパンティの、クロッチ部分を見せつけるように晒した。

（うわ、すごい）

本来なら裏地が縫い付けられ、二重になっているべきところも、薄い布が一重のままである。すでにかなりのところまで昂ぶっていたようで、薄布には透明な蜜が染み出していた。

そのため、秘められた佇まいがばっちり透けている。

卵型の恥叢は、ヴィーナスの丘に萌えるのみ。秘肉の裂け目の両側は、きちんと処理されていた。あるいは、もともと範囲が広くないのか。

ハートのかたちに開いた花弁は、かなり大ぶりのようである。挿入したら筒肉にまつわりついて、かなり気持ちいいのではないか。

そんなことを想像したら、すぐにでも分身をぶち込みたくなった。

(焦るなよ)

自らに言い聞かせ、荒ぶる呼吸をおとなしくさせる。次はおっぱいだと、薄いナイティのホックをはずし、前を全開にした。

ぷるん――。

仰向け(あおむ)けの姿勢でもボリューム感を失わない、張りと弾力に富む乳房。整ったドーム型を保ち、頂上のワイン色の乳頭がツンと勃っていた。

(すごいな)

着やせするのか、予想していたよりも大きい。そこらのグラビアアイドルなど目じゃないという感じだ。

「やぁん」

甘えた声には、早く気持ちよくしてほしいという懇願が含まれていたようだ。腰の揺れ具合が大きくなる。

そんなふうに欲望をあからさまにされたら、リクエストに応えないわけにはいかない。まずは両手で双房を鷲摑みにする。

むにゅん――。

硬めのマシュマロを思わせる柔らかさと、肌のスベスベ感がたまらない。

(ああ、いい感じ)

モミモミすることで、手指がうっとりする感触にまみれる。妻の知美はどちらかと言うと貧乳のほうだから、巨乳を愛撫するのは新鮮であった。

「あ、あ、くううううー」

麻里江が切なさをあらわによがる。靖史が乳首を指のあいだに挟み、くにくにと圧迫したからだ。

「そ、それいいッ」

やはり突起が敏感なのだ。ならばと、向かって左側は手の愛撫を続けながら、右側のおっぱいにむしゃぶりついた。

「あひぃ」

鋭い嬌声がほとばしる。さっきから声が大きいようなのは、それだけ感じているのも確かながら、大音量でアダルトサウンドを聴かされているからだろう。靖史の耳にも、イヤホンの音洩れがはっきりと聞こえていた。

硬くなった尖りを舌でクリクリ転がすと、麻里江が「ああ、ああ」と悶える。乳の谷に汗が光り、なまめかしい匂いが濃く揺らめいた。

三十路妻の乳頭は、ほんのり甘かった。彼女には子供がいないし、妊娠しているとも思えないから、母乳など出ていないのに。

(なんて美味(おい)しいんだ)

チュパチュパと音を立てて吸いねぶると、半裸のボディが釣り上げられた魚みたいに暴れた。

「うはっ、ハッ、あああ、そ、それいいッ」

ヘッドボードに縛りつけられた紐が緩んだり張り詰めたりして、ギシギシと軋(きし)みをたてる。布製の柔らかなものだから、手首が痛むことはなさそうだ。

靖史は安心して乳首を味わい、反対側にも口をつけた。

「きゃううううッ!」

ひときわ大きなよがり声が、寝室に響き渡る。左のほうがより感じるのか、それとも、性感が高められて感じやすくなっていたのか。

どちらにせよ、麻里江がさらなる快感を欲しがっているのは間違いない。

「ああ、あ、いい……もっとぉ」

ねちっこい舌づかいに呼応して艶声が高まり、表情が淫らに蕩けてくる。目許がアイマスクで隠れていても、そうに違いないとわかった。

唾液に濡れた突起を指で弄び、両乳首への同時愛撫を継続する。三十路妻の息づかいがせわしなくなり、火照った肌が汗でじっとり湿ってきた。夜はまだ冷える春先だというのに。

「あうう、ね、ねえ、早く──」

何をせがんでいるのかなんて、考えるまでもない。逞しいモノで貫かれたいのだ。

牡のイチモツは限界を超えて硬くなり、いく度も脈打って下腹をペチペチと打ち鳴らす。秘苑を透かす薄物を毟り取り、熱い蜜壺に突き込みたいと、熱望がふくれあがった。

交わりたい気持ちは、靖史も一緒であった。そうしなかったのは、挿入して夫のペニスではないとバレることを恐れたのだ。

そうならないためには、脳がトロトロになるほどに感じさせ、判断力を低下させる必要がある。

硬く尖った突起から口をはずし、靖史は下半身に向かおうとした。そのとき、乳房の狭間に汗が滲んでいたのに興味を惹かれる。漂う甘酸っぱい香りが、やけになまめかしかったためもあった。

(うわ、こんなに)

細かな露(つゆ)が集まって、大きな雫(しずく)になっている。けっこう汗っかきというか、多汁なカラダなのか。

乳首をしゃぶりすぎたために、喉が渇いている。靖史は砂漠でオアシスを見つけた旅人のごとく、汗溜まりに唇をつけた。

ぢゅぢゅッ——。

ほんのりしょっぱい雫をすすり取ると、艶肌がビクンとわななく。

「な、なに？」

戸惑った声を洩らした麻里江であったが、濡れ肌をペロペロと舐(な)められて身をよじった。

「あ、あっ、やうう」

特に敏感なところではないと思うのだが、彼女は切なげに喘ぐ。やはり全身が敏感になっているようだ。

セックス好きな奥さんの汗は、控え目な塩分が舌に心地よかった。乳頭と同じく甘みも含まれている。

熱中症対策では、水分だけでなく適度な塩分と糖分の補給も必要とされる。女体探索に文字通り熱中している靖史に、彼女の汗は最適な飲み物と言えた。

それゆえ、もっと欲しくなる。

胸の谷間を舐め尽くし、他にないかと探す。すぐに腋(わき)の下の窪みが目に入った。

毛穴も目立たず、綺麗に処理されたそこにも、細かなきらめきがあった。しかし、雫が溜まるほどではない。

それでも、顔を寄せると、より酸っぱみの強いかぐわしさが感じられた。

（いい匂いだ……）

美人妻の、正直な腋の匂いを嗅いでいるのだ。汗くさいなんて、無粋な感想を抱くはずがない。小鼻をふくらませて、たち昇る芳香を胸いっぱいに吸い込む。

うっとりしたところで、彼女が焦れったげに頭を左右に振った。

「ねえ、何をしてるの？」

汗の滲んだ腋の下をクンクンされているとは、さすがにわからないらしい。だが、時間をかけたらバレるかもしれなかった。

そうなる前にと、湿った窪みに顔を埋め、舌を這わせる。

「はひッ」

麻里江が身を縮め、ヘッドボードが軋みを立てた。腋を閉じようとしたものの、手首をしっかり結わえられていたため、紐を強く引っ張ったようだ。

(うん。こっちも美味しい)

幾ぶん塩気の濃い腋窩を、靖史は舌全体でねっとりと舐めた。あまりくすぐったくならないようにと考えてであったが、彼女は「イヤイヤ」と抗った。

「ば、バカ、やめて。く、くすぐったいのぉ」

ハッハッと息を荒ぶらせ、からだを激しく揺する。脚もジタバタさせ、靖史をはね除けようとした。

けれど、それは無駄な努力にしかならず、滲むものをすべて舐め取られる。

「ううう、へ、ヘンタイ」

なじる声音が、どこか艶っぽい。くすぐったいばかりでなく、別の感覚も得ているのではないか。

(気持ちいいのかも)

いや、さすがにそれはないかと思い直す。

唾液を塗り込められた腋窩が、生々しい匂いを放ちだす。そこから舌をはずすと、靖史は反対側にも口をつけた。運動したあとみたいに汗が吹き出し、じっとりと濡れたところに。

「ひいいいいっ」

悲鳴がほとばしり、ヒップが跳ね躍る。船酔いを起こしそうにダブルベッドが振動した。

(やっぱり感じてるみたいだぞ)

女体がビクッ、ビクッと、感電したみたいに波打つ。

「あ——あひっ、いいい……ふはぁ」

強ばったセミヌードのからだが、太い息を吐き出して脱力した。まるでオルガスムスに達したかのように。

(え、イッたのか?)

あとはいくら腋を舐めても、呼吸を忙しくはずませるばかり。ほとんど反応しなくなった。

これまでにも軽いSMっぽいプレイはされていたようながら、視覚や聴覚まで奪われるのは初めてなのだろう。そのため肌が過敏になり、舐められただけで絶頂感に近いものを得られたのではないか。

おそらく、秘苑はしとどになっているだろう。

腋舐めをやめて、女体から身を剝がす。シーツに投げ出された両脚を大きく開かせ、靖史は中心に顔を寄せた。

（うわ、すごい）

シースルーの薄物はオシッコでも漏らしたみたいに、股のところがぐっしょりと濡れていた。恥割れに喰い込んで張りつき、ほとんど穿いていないも同然に佇まいを透かしている。

そこからたち昇るのは、ヨーグルトを連想させる酸味臭。ベッドインの前に清めたはずが、早くも正直な淫香を放っているようだ。

麻里江がぐったりしているため、靖史はパンティを脱がすのをためらった。無理に引っ張ったら、簡単に破れそうな気がしたからだ。

ところが、念のためゴムに指をかけると、条件反射のように腰が浮く。それだけ目の前の人妻は牡の猛りを求めているのだ。

「ああ……」

あらわになった淫華を目の当たりにして、靖史は思わず声を洩らしてしまう。脱がさなくてもほぼ見えていたのであるが、やはりナマ身のほうが生々しくていやらしい。

（あ、まずい）

不用意に声を出してしまったことに気がつき、焦って口をつぐむ。だが、テレビは卑猥な映像を流し続けているし、イヤホンの音洩れも聞こえる。彼女に聞かれる心配はなかった。

開いた花弁の狭間に、小さな洞窟が息吹いている。早く挿れてとせがんでいるようで、靖史はいよいよ我慢できなくなった。

(とりあえず、一回ヤラせてもらおう)

最低でも二回は射精するつもりだったし、一度出さないと落ち着かない。

ベッドの下に脱ぎっぱなしたズボンを拾いあげ、ポケットからコンドームを取り出す。鈴口の周りをヌルヌルにしている分身に、靖史は鼻息を荒ぶらせながら薄いゴム製品を装着した。

「ね、ねえ」

ようやく脱力状態から復活した麻里江が、気怠げに呼びかける。靖史が上半身を起こしたまま腰を進め、前に傾けた強ばりを恥割れにあてがうと、嬉しそうに口許をほころばせた。

「い、挿れて。オチンチン――」

ストレートなおねだりに応じて、ひと思いに蜜窟を貫く。

「ふはぁああああっ！」

麗しの団地妻が、歓喜の声を張りあげた。

たっぷりと濡れていた膣は、剛直を抵抗なく受け入れた。根元まで押し込むと、全体がキツくすぼまる。あたかも、せっかく迎えたものを離すまいとするかのごとく。

（うわ、気持ちいい）

挿入しただけで、しかもコンドームを着けているのに快感が著しく、靖史は腰をブルッと震わせた。歓喜に目がくらみ、陰嚢がからだの中にもぐり込みそうなほど迫りあがる。

そのため、ガチガチに硬くなったペニスを抜き挿しせずにいられなかった。

「あ、あ、あ、あん、ああッ！」

麻里江が頭を左右に振り、悦びに喘ぐ。両脚を牡腰に絡みつけ、「も、もっとぉ」とあられもなくよがった。

リクエストに応え、靖史は高速のピストンを繰り出した。

「ふんッ、ふんッ、ふんッ」

鼻息をはずませ、心地よい蜜穴を穿つ。頭の中が桃色に染まるようで、気がつけば頂上が目前であった。

（あ、まずい）

いくらなんでも早すぎると思ったが、最高の愉悦にまみれた腰は止まらない。もっとよくなりたいと、抽送の速度があがる。

「ああ、あっ、き、気持ちいいッ」

人妻の艶声にも煽られて、靖史は一直線に上昇した。

「あ、あ、い、いく」

頭の中のピンク色が白色に変化し、光が満ちる。あとは本能のみに衝き動かされ、オルガスムスの波に巻き込まれた。

「ううう、で、出る。あああ、いく、いくぞ」

普段はセックスのときに、声など出さないのである。どうせ聞こえないのだからと思いの丈を溢れさせることで、歓喜がいっそうふくれあがった。

びゅくんッ――。

しゃくり上げたペニスが、濃厚なエキスを噴きあげる。残念ながら薄ゴムに阻まれ、受精という本来の役目を果たすことは叶わなかったが、快感はかつてなく大きなものであった。

（ああ、すごく出てる）

ザーメンが放たれるのに伴い、悦びで脳が蕩ける。からだのあちこちがビクッ、ビクンと痙攣し、息苦しさを覚えるほどに動悸が乱れた。

一ヶ月ぶりに味わう女体を心ゆくまで堪能した後、分身を引き抜く。すると、麻里江が不満げに小鼻をふくらませた。

「ああん、どうしてぇ」

まだ途中だったのに抜去されれば、不満を覚えるのも当然である。体内のほとばしりを感じなかったから、すでに射精したとは気づいていないようだ。

もちろん靖史とて、これで終わらせるつもりはない。

3

コンドームをはずし、ペニスを拭ってから、改めて女体の中心に屈み込む。

牡に貫かれたばかりの蜜穴は、空洞をぽっかりと開けていた。そこから白く濁った愛液が、もっとしてとせがむように滴る。

淫らすぎる光景に、達した直後にもかかわらず、劣情が上向く。発酵した乳製品に似たパフュームが悩ましく、ほんのり漂うゴムくささは気にならなかった。

「ね、ねえ、イジワルしないで」

　焦れったげに身をくねらせる人妻は、涙声になっていた。体内で欲望がフツフツと煮えたぎっている状態のようだ。

　しかしながら、多量にほとばしらせたペニスは力を失っている。復活するにはインターバルと、さらなる昂奮が必要であった。

　もっと乱れる姿を見せてもらおうと、靖史はほころんだ女芯に口をつけた。最初から包皮を脱いでいた秘核を吸いねぶると、

「あひぃいいッ」

　派手なよがり声がほとばしり、熟れ腰がガクンガクンと跳ねる。不意を衝かれたクンニリングスに、麻里江は身をよじって感じまくった。

「あ、あっ、それもいいッ」

　お気に入りのポイントを直に責められ、裸身が波打つ。熟れた女体はやはり多汁のようで、ほんのり甘みを含んだ蜜が滾々と湧き出た。

　ぢゅぢゅぢゅぢゅッ――。

　派手な音を立ててすすると、彼女が「イヤイヤ」と恥じらう。音は聞こえていないはずでも、からだに響く感じでわかるのだろう。

いっそう存在感を増したクリトリスが、舌にはじかれて逃げる。それをしつこく追い回すと、荒ぶる息づかいが聞こえた。

「あうう、つ、強すぎるぅ」

敏感なところだけに、感じすぎてつらいのか。だったら他のところをと考えて、靖史は思い出した。麻里江がジョギングをしていたとき、たわわなヒップに惹かれたことを。

(おしりが見たい……)

ナマ尻を拝みたくなったものの、仰向けの姿勢では無理である。縛られているのは手首だけだから、俯せにすることは可能でも、何も見えず聞こえない相手に、どう指示すればいいのかと悩む。無理やりからだの向きを変えさせて、夫ではないとバレても困るのだ。

ならばと、靖史は彼女の両脚を持ちあげた。曲げた膝が乳房に密着するところまで、からだを折り畳む。

(ああ……)

まんぐり返しのポーズで、肉厚の臀部が視界に入る。できれば後ろ姿を目にしたかったが、これはこれでエロチックである。

何しろ濡れた陰部ばかりか、ちんまりと愛らしいアヌスまで、あらわに晒されているのだから。

「いやぁ」

麻里江が腰を左右に揺すった。しかし、強い抵抗ではない。ヒップが上向いたことで、もっと気持ちよくしてくれるのかと期待が高まったのではないか。

それに応えるべく、裂け目に薄白いラブジュースを溜めたところに口をつけ、音を立ててすする。

「はひッ」

成熟した下半身が跳ねる。彼女が腰をのばし、姿勢を戻そうとしたのを阻んで、靖史は舌を躍らせた。

「あああ、も、そこは舐めなくていいからぁ」

三十路の人妻はオーラルセックスよりも、挿入のほうがいいらしい。だが、股間の分身はいくらか膨張しているものの、まだ完全に復活の域ではない。時間を稼ぐ必要があった。

靖史は舌を秘肛へ移動させた。

「あ、あっ」

麻里江が焦った声を洩らし、掲げたヒップをくねくねさせる。逃すまいと、放射状のシワをしつこく舐めくすぐると、そこがなまめかしくすぼまった。

「ちょ、ちょっと、そこ違う」

間違っておしりの穴を舐めていると思ったのか。意図的であると示すために、靖史は尖らせた舌先をツボミの中心にめり込ませた。

「あああ、だ、ダメぇっ！」

括約筋（かつやくきん）がキツく閉じて、侵入を拒む。わざとやっているのだと、さすがに彼女も悟ったようだ。

「バカッ、ヘンタイ！　いつからそんな趣味を持ったのよ⁉」

罵（ののし）られ、まずかったかなと首を縮める。どうやら堀井氏は、アナル舐めをしたことがないらしい。

靖史とて、妻の肛門に舌を這わせたことはない。余所の奥さんを相手に、ＳＭっぽいプレイをすることで昂ぶり、普段はしないようなことをしてしまったのだ。それこそ、腋の下を舐めたことも含めて。

麻里江のほうも手首を縛られ、目隠しやイヤホンで外部の情報を遮断された状況で、セックスすることを了承したのである。性的な好奇心が旺盛なのであり、新たな刺激を受け入れやすいのではないか。

　事実、靖史がしつこくねぶり続けると、切なげな喘ぎが聞こえてきた。

「ああ、ど、どぉしてぇ」

　悩ましい感覚が生じ、戸惑っているらしい。排泄口ゆえ、そんなところで感じるはずがないという気持ちがあったのだろう。

　だが、募る快さには抗えない様子だ。裸身がいやらしくくねり、恥割れに多量の蜜が湧き出していた。

　秘肛への舌刺激をやめることなく、靖史は指先に愛液をまといつかせると、クリトリスをこすった。

「ひいいいいッ！」

　熟れたボディがガクンとはずむ。鋭い嬌声から、かなり強烈な悦びを得たのがわかった。

　なおも二点責めを継続すると、不自由なポーズを強いられた肢体がもがく。

「だ、ダメ、やめてッ。そ、それ……よすぎるのぉ」

　荒ぶる呼吸の下からの懇願は、靖史を燃えあがらせた。もっとよくしてあげようと、アヌスをねちっこくねぶり、秘核を強めにこする。

その時点で、ペニスは勢いを取り戻していた。

（ああ、挿れたい）

もう一度交わりたいと、熱望がこみ上げる。その思いを舌と指に反映させ、愛撫にいっそう熱が入った。

「イヤイヤ、ほ、ホントにダメ。い、イッちゃうからぁ」

どうやら最後の瞬間が近づいているようだ。気持ちいいのにどうして拒むのか。靖史は妙だなと思った。

その理由を、麻里江が涙声で口にする。

「ううう……お、おしりの穴を舐められて、イッちゃうなんて——」

排泄口で感じていることを、受け入れ難いのだ。セックス好きで、様々なプレイを愉(たの)しみたいわりに、保守的なところもあるらしい。

もしかしたら、これまで経験したことのない絶頂を味わいそうで、恐怖を覚えているのではないか。ならば是非とも、最高の快感を享受してもらいたい。

靖史は一心に舌と指を動かした。柔らかくほぐれてきたツボミをほじり、敏感な突起をクリクリと転がす。

「あ、あ、イヤッ、ほ、ホントにイク」

靖史を跳ね飛ばさんばかりに、折り畳まれたからだが元に戻ろうとする。それをしっかりと押さえ込み、舌の侵入を試みると、ほんの数ミリほどが関門を突破した。

次の瞬間、

「あああ、い、イクッ、イクッ、イクイクイクぅっ！」

高らかなアクメ声がほとばしり、女体が勢いよく腰をのばす。はずみで靖史は後ろに転がり、危うくベッドから落ちるところであった。

「くはっ、ハッ、あふ――ふふふふぅ……」

麻里江はベッドの上で裸身をヒクヒクと波打たせ、呼吸を荒ぶらせた。かなり激しいオルガスムスに見舞われたのが見て取れる。

悦楽の余韻にひたる三十路妻は、妖艶なエロティシズムを匂い立たせる。靖史はたまらなくなり、二回戦に及ぼうとした。

ところが、半開きで息をはずませる、蠱惑的な唇を目にして、猛るイチモツをしゃぶらせたくなった。

（今ならバレないんじゃないかな……）

歓喜の極みに達したあとで、茫然自失というふうだ。咥えたペニスが夫のものではないと、判断する余裕などあるまい。

ではさっそくと行動に移そうとしたところで、このままではまずいことに気がつく。

(あ、ゴムくさいかも)

さっき、コンドームを装着していたのだ。匂いが残って気づかれたら、どうして避妊具を使用したのかと、怪しまれる恐れがあった。堀井氏の話では、麻里江は子供を欲しがっているとのことだったから。

ベッドまわりを見れば、サイドテーブルにウエットティッシュがあった。これはいと何枚か抜き取り、ペニスと周辺を丁寧に拭う。

鈴口に滲む先走りは、拭っても拭っても透明な雫をこしらえる。人妻にフェラチオをさせることに、それだけ昂ぶっていたのだ。

(このぐらいでいいか)

逸る気持ちを抑えきれず、しどけなく横たわる麻里江の胸を跨(また)ぐ。腰を突き出し、反り返る肉根をどうにか前に傾けた。

「ん……」

カウパーにまみれた亀頭を、唇にヌルヌルこすりつけると、彼女が小さく息をこぼす。温かな風が粘膜に当たり、背徳的な悦びがこみ上げた。

ほどなく、ためらいがちに舌がはみ出す。何を押しつけられているのか、見えずとも察したようだ。

「むふっ」

透明な粘液が滲む鈴割れ付近をペロペロと舐められ、靖史は太い鼻息をこぼした。

腰の裏がむず痒くなり、我慢できずに分身を温かな口内へ差し入れる。

「うう」

麻里江は呻きつつも、牡の強ばりを迎え入れてくれた。紅潮した頭部をすっぽりと含み、チュパチュパと舌鼓を打つ。

「あああ」

靖史は喘ぎ、腰を震わせた。ほんの戯れみたいな吸茎にもかかわらず、目がくらむほどに感じたのだ。

けれどそれは、文字通りに序の口だった。

「ん……ンく」

突き立てられるものを、可憐な唇が徐々に呑み込む。筋張った肉胴の半ばまでもぐり込んだところで、舌がねっとりと絡みついた。

「おおっ」

あたかもナメクジか蛇のごとく、ニュルニュルと動かされる。どこが感じるのか知り尽くしているふうに、敏感なくびれ部分を執拗にこすられた。

（うわ、気持ちいい）

明るくて気立てのいい団地妻が、閨房（けいぼう）でこんなテクニックを身につけていたなんて。夫に仕込まれたのかもしれないが、それ以上に彼女自身の探究心が、技を習得せしめたのではないか。

麻里江は小鼻をふくらませ、嬉々として舌を使う。美味しいキャンディでもしゃぶるかのごとく、じっくりと味わっているのがわかった。

おかげで、靖史は忍耐をフル稼働させ、爆発しないよう気を引き締めなければならなかった。

（ううう、よすぎる）

肛門を引き絞り、決して洩らすまいと奥歯を嚙み締める。夫婦生活でもフェラチオは普通に行われていたが、妻の知美はここまで熱心に奉仕してくれなかった。

おまけに、理由も告げずに出て行くなんて、あまりにも勝手すぎる。

（まったく、麻里江さんの爪の垢（あか）でも煎（せん）じて飲めばいいんだ）

本人には決して言えないことを胸の内で愚痴り、与えられる悦びに身をわななかせる。

靖史は無意識のうちに、腰を前後に振っていた。ストロークは短かったものの、気ぜわしく出し挿れすることで快感がふくれあがる。

（うう、気持ちいい）

犯される口許からぢゅぷぢゅぷとこぼれる卑猥な音にも煽られ、彼女を気遣う余裕がなくった。

「んんんんッ」

麻里江が苦しげに呻きだしたことでハッとする。やりすぎたせいで息が続かなくなったらしい。

（あ、まずい）

急いで引き抜くと、唾液に濡れた分身が勢いよく反り返る。下腹をペチリと叩き、細かな雫を飛ばした。

「はあー」

大きく息をついた彼女の口のまわりは、べっとりと濡れていた。それだけ激しく責めてしまったのだと、申し訳なくなる。

ところが、彼女が気分を害した様子はなかった。

「ねえ、おチンポ挿れて」

と、はしたなくおねだりをしたのである。

(なんていやらしいひとなんだ!)

だが、軽蔑はしない。むしろ正直な求めを健気(けなげ)だと感じた。

両膝を立てて開き、自ら迎え入れる姿勢になる人妻。靖史はコンドームの包みを用意し、さっそく交わろうとしたものの、

(ナマで挿れたい——)

あられもなく晒された淫華を目にするなり、切望が募る。薄白い愛液をこぼす蜜穴を、直に味わいたくなったのだ。

堀井氏にはコンドームを使うように言われたが、それはあくまでも避妊のためだ。要は中に出さなければいいのである。

そう勝手に決めつけ、靖史は行動に移した。足を開いた正座のかたちで前へ進み、物欲しげにヒクつく女芯へ剛直をあてがう。

「うう……」

粘膜同士が密着するなり、熱さが伝わってくる。ほんのわずかな接触でも、ヌルヌルした感じがたまらなく快かった。

(よし、挿れるぞ)

内部の感触をしっかり味わおうと、強ばりをそろそろと侵入させる。入口部分がわずかに抵抗を示したものの、たっぷりと濡れていたから難なく突破した。

「あふン」

麻里江が喘ぎ、首を反らす。くびれを狭まりでキュッと締めつけられ、目の奥に火花が散った気がした。

「むうう」

快感がふくれあがり、余裕がなくなる。あとは本能に従って、残り部分をずむずむと押し込んだ。

「はあああっ」

艶声が響き、牡を受け入れた女体がワナワナと震える。ペニスにまといついた媚肉が、キュウッとすぼまった。

(ううう、気持ちいい)

粘膜の柔らかさや、ヒダの粒立ち具合、染み入るような温かさもダイレクトに感じられる。挿入するだけのつもりであったが、靖史は堪えきれずに腰を前後に振った。

「あっ、ああッ」

ふくれあがった悦びに、声が出てしまう。ヒダがくびれの段差をピチピチと刺激して、早くも爆発しそうになった。

（よすぎるよ、これ……）

このままでは、またも早々に果ててしまう。ここは一時退却するより他ない。

名残惜しかったが、靖史は己身(こしん)を引き抜いた。膣口からはずれる瞬間、敏感になった亀頭がヌルンとこすられて、強烈な快美が生じた。

「むふぅっ」

迫りかけた絶頂の波をどうにか押し返し、胸を大きくふくらませる。呼吸を整えようとしたとき、不満げな声が聞こえた。

「もぉ、どうしてぇ」

麻里江がイヤイヤをするように頭を振る。もっとしてとばかりに収縮する恥割れが、多量の蜜汁をトロリとこぼした。

「い、イジワルしないでよぉ」

焦らされていると思ったようだ。まあ、無理もない。

靖史は急いでコンドームを装着した。ピンク色のゴムに包まれた肉の猛りを、再び女体に戻そうとしたところで気が変わる。

（よし、体位を変えよう）

そうすれば、一度抜いたことも納得してもらえるはずだ。

立てた膝を揃えさせ、横に倒す。横向きになったヒップを持ち上げるようにすることで、彼女もこちらの意図を察したようだ。

「ちょ、ちょっと待って」

麻里江は両手首を縛られたまま、からだの向きを上下逆にした。膝と肘を折って、四つん這いのポーズになる。

(ああ、素敵だ)

たわわな双丘を向けられて、胸に感動が広がった。

本当はさっきも、この体勢でおしりを愛でたかったのである。無理をさせられないと躊躇したが、やはりこれが正解だった。まんぐり返しよりもボリューム感が著しく、丸みの綺麗なかたちもわかる。

「は、早く挿れて」

熟れ尻をぷりぷりと揺すって結合をねだる、淫らな人妻。靖史も辛抱たまらなくなっていたから、膝立ちで彼女の真後ろに進んだ。

ぱっくりと割れた臀裂の下側に、ほころんだ恥芯がある。粘っこい蜜を滴らせるそこに、靖史は薄ゴムをまとう亀頭を密着させた。浅くめり込ませてから、両手を豊臀に添える。

(よし、いくぞ)

自らに声をかけ、蜜窟を肉の槍(やり)で一気に貫く。

「きゃふぅうううッ!」

高らかな嬌声を張りあげて、麻里江が背中を弓なりにする。シースルーのナイティのみの裸体が、感電したみたいにビクンと震えた。

(うう、入った)

下腹と臀部がぴったりと重なる。お餅みたいな柔肉の感触が心地いい。締めつけはバックスタイルのほうが著しいようだ。

「つ、突いてぇ、いっぱい」

あられもない求めに応じて、猛々しい己身を抜き挿しする。逆ハート型のヒップの切れ込みに、白く濁った愛液をまとった筒肉が見え隠れした。

(ああ、おれ、麻里江さんとハメてるんだ)

わざと品のない言葉を浮かべることで、全身が火照るほどに昂ぶる。尻を揉み、類(たぐ)い稀(まれ)な弾力を愉しみながら、靖史は腰を振った。

パンパンパン、ぱつン——。

尻肉と下腹のぶつかり合いが、スパンキングのようなリズムを刻む。そこにヌチュヌチュと、蜜壺を掻き回す猥雑な音が色を添えた。

（すごく熱い……）

摩擦でそうなったわけではあるまいが、抽送することで膣内の温度が上がる。まさに坩堝というふうで、ラブジュースもたっぷり溢れているのがわかる。

そうやってすべりが良くなっているのに、締めつけも相変わらず強烈なのだ。

「あん、あん、あああッ、か、硬いオチンチン、いいのぉ」

麻里江が乱れまくる。普段からこうなのか、それとも、目隠しや拘束プレイのおかげで、ここまで高まっているのか。淫らな言葉遣いも、聞かされているアダルトビデオに影響されてなのかもしれない。

だとしても、彼女が最高の歓喜にまみれているのは事実だ。

桃色のゴムをまとったペニスが出入りするすぐ上で、アヌスがヒクヒクと収縮する。可憐でありながら卑猥な光景にも煽られて、靖史はいよいよ限界を迎えた。

（うう、もう無理かも）

懸命に気を逸らせても、募るばかりの射精欲求を抑え込むのは不可能だ。さりとてピストンの速度と勢いを落としたら、麻里江は不満を覚えるだろう。クンニリングスでイカせることはできたが、やはりセックスで昇りつめないと満足しまい。

まさにあちらを立てればこちらが勃たず。爆発は目前であった。

そのとき、幸運にも彼女が頂上を迎える。

「あ、い、イキそう」

枕に顔を埋め、いっそう高く掲げたヒップを、ワナワナと震わせた。

(よし、もうちょっとだ)

最後の忍耐を振り絞り、濡れ穴を穿ち続ける。血が止まるほどに下唇を嚙み締め、一個のマシンになったつもりでピストンをキープした。

「あああ、イクッ、イクッ、くうううう」

苦労の甲斐あって、団地妻がエクスタシーへ駆けあがる。膣圧が高まり、しかも柔ヒダが奥へ誘い込むように蠕動(ぜんどう)した。

(ううう、だ、駄目だ)

引き込まれて、靖史も悦楽の波に巻き込まれた。毬(まり)のようにはずむ熟れ尻にどうにかしがみつき、多量の精を撃ち放つ。

「むふッ、うう、むぅううう」

歓喜に目がくらむ。からだのあちこちがピクピクと痙攣し、腰づかいが覚束なくなった。それでも抽送を続けたのは、この快感をずっと味わっていたいという浅ましさからだ。

「ううッ、う——はあぁ」

裸身を強ばらせていた麻里江が、大きく息をつく。熟れたボディから力が抜け、シーツに崩れ落ちそうになったのを、靖史はどうにか支えた。

ふたりとも昇りつめたのに、掲げたヒップの中心に、射精したばかりのペニスを尚も出し挿れする。しつこく刺激し続けたものだから、二度も昇りつめたにもかかわらず、海綿体の充血が引かなかった。

（これならまだできそうだぞ）

コンドームを取り替えようかとも思ったが、面倒なので抜かずに継続する。無茶をして破れなければ、精液がこぼれる心配はないだろう。

徐々にスピードを上げ、余韻のヒクつきを示す蜜穴を犯し続ける。さすがに締めつけが緩んだか、ヌルヌルと抵抗なくこすられる感じが、果てたあとのペニスには丁度よい具合であった。

「も、もうイッたのにぃ」

人妻がやるせなさげに身をくねらせる。早く楽になりたいというふうに、下半身を横に倒そうとした。

それを許すことなく、一時も休まずに抽送を続ける。分身は最高の硬度を保ったまま、快さにまみれて脈打った。

「あ、あ……げ、元気すぎるぅ」

もう許してと言わんばかりに麻里江が嘆く。一度や二度達しただけでは足りず、何回も求められるのかと思っていたが、セックスでイッてしまえばもう満足なのか。

もっとも、オルガスムスのあと休みなく責められているため、からだがついていかないのかもしれない。

「あふ、ううう……い、いやぁ」

間もなく、洩れる声が艶めいてくる。女体が再び快楽モードになったようだ。息づかいがはずみ、腰のうねりがいやらしくなった。

(もういいかな)

ピストンの速度をあげると、彼女が「あ、ああッ」とあらわな声をあげる。呼吸も荒くなった。

「ううう、も、もっとぉ」

ようやく悦びを享受する心づもりになったようだ。ヒップを忙しく振り立て、激しく突いてほしいとせがむ。

（こうでなくっちゃ）

せっかく交わるのだから、互いに求め合いたい。そのほうが、もっと気持ちよくなれるのだから。

勃ちグセのついたペニスははち切れんばかりに膨張し、濡れ穴をグチュグチュと掘り返す。掻き出されたラブジュースが滴り、陰嚢に伝うのがわかった。

それればかりでなく、激しい出し挿れで露が飛び散ったらしい。陰部全体がじっとりと湿っていた。

「あうう、い、いい。オマンコ溶けちゃうぅ」

いっそう卑猥な言葉が飛び出し、ドキッとする。快感に身をやつし、ここまで淫らになったのか。

ふと背後に目を向ければ、テレビ画面にも女優がバックスタイルで責められ、白目を剝かんばかりに感じている様子が映し出されていた。やはりそれに影響されて、喘ぎ声が卑猥になっているのではないか。

パツパツパツパツ……。

下腹を熟れ尻に力強くぶつければ、勢いに圧（お）されて麻里江の下半身も上下にはずむ。

弾力に富むたわわな双丘に、プルプルとさざ波が立った。

「あう、う、あん、あっ、はふ」

快美の喘ぎを吐き散らし、彼女が絶頂への階段をのぼる。汗ばんだ肌から、甘酸っぱいかぐわしさを漂わせて。

(ああ、最高だ)

女体を激しく責め苛(さいな)みながら、靖史も陶酔の心地であった。年上の人妻との交わりに、身も心も溺れるようだ。

(これがセックスなのか!)

童貞でもないのに、感激で胸を震わせる。女性をここまで感じさせられたのは初めてだから、一体感が著しいのだろう。

おかげで、悦びがいっそう高まった。

「だ、ダメ……またイッちゃう」

麻里江が高潮を迎える。クンニリングスでイッたのも合わせれば三回目だ。

乱れる声を聞かれまいとしてか、彼女は枕に顔を埋めた。「むーむー」とくぐもった呻きをこぼしたものの、息が続かなくなったらしい。

「むはッ――はあ、あ、いいい、い、イクぅ」

全裸に近い肢体を暴れさせ、麻里江がオルガスムスを迎える。靖史のほうはまだ余裕があったので、歓喜にわななくボディを休みなく突きまくった。

「い、イヤッ、ダメなの、イッてるのよぉ」

すすり泣き交じりの懇願にも耳を貸さず、トロトロに煮崩れた感のある蜜穴に剛直を出し挿れする。

「あああ、お、おかしくなるぅ」

昇りつめても下降することなく、彼女はすぐ上昇に転じたようだ。それにより、いっそう高い位置まで舞いあがる。

「ダメダメダメ、も、死んじゃうからぁっ！」

麻里江は天井知らずのアクメに巻き込まれた。からだのあちこちをビクッ、ビクンッと痙攣させ、喉から舌が飛び出しそうに息を荒ぶらせる。

それでも靖史は、ピストン運動をやめなかった。自身も頂上が近づいていたからである。

「だ、ダメ、死ぬ……ホントに死んじゃう」

ゼイゼイと喉を鳴らす彼女は、本当にどうにかなってしまいそうだ。

（よし、おれもそろそろ）

ここは早く終わらせてあげるべきだろう。そう思って抽送速度を上げたことで、麻里江はまたもエクスタシーに向かった。イキ癖がついたのだろうか。

「イヤイヤ、い――イクイクイクイクぅううううっ！」

蜜穴が収縮し、ぐいぐいと締めつける。それにより、靖史も一気に昇りつめた。

「おおおお、で、出る」

悦楽の波濤(はとう)に巻かれて目がくらみ、太い鼻息を吹きこぼす。

「む――むはッ、あふぅ」

尻の筋肉をギュッギュッと強ばらせ、三度目とは思えない量を放つ。陰嚢が下腹にめり込み、鼠蹊(そけい)部が甘く痺れた。

「ああ……」

脱力した麻里江が横に倒れる。今度は支えるタイミングを逸して、ペニスがぬるりとはずれた。

(うわ、すごく出た)

二回分のザーメンは先端の液溜まりに収まりきらず、コンドームの中でくびれ部分まで逆流していた。

海綿体はさすがに充血を解き、角度を徐々に下へ向ける。心地よい余韻にひたり、靖史はふうと深く息をついた。

（気持ちよかったな……）

横臥した人妻も、快感のひとときを堪能しきったふうにぐったりしている。しかし、悠長に彼女を眺めている場合ではなかった。

（あ、早く堀井さんと交替しないと）

ベッドから降り、服を着る。コンドームは着けたままでブリーフを穿いた。最初の使用済みもポケットにしまう。

自分の痕跡が残っていないか確認してから、靖史は足音を忍ばせて堀井宅をあとにした。何も聞こえないとわかっても、気配で悟られてはまずいと思ったのだ。

濃厚な射精を三度も遂げたあとだけに、部屋までの階段を上がるのが少々キツかった。

第二章　刺激が欲しいの

1

「こんにちは、夏木さん」

日曜日、昼食の弁当をコンビニで買い求めた帰りのこと。靖史は団地の入口で、ご近所の人妻から挨拶をされた。

「あ、こここ、こんにちは」

しゃちほこ張り、不審者並みに狼狽(ろうばい)した受け答えをしてしまったのは、そのひとが小野寺涼花だったからである。

焼き鳥屋でいつものメンバーと飲んだときにも、彼女のことが話題に上がった。お嫁さんにしたいナンバーワンの彼女を、団地内で知らない男はいまい。

まあ、お嫁さんにしたいも何も、すでに他の男の嫁になっているのであるが。

そういう見た目も性格も麗しい、それこそ理想を絵に描いたような女性から挨拶をされたのだ。これが初めてではないけれど、いきなりだったこともあり舞いあがってしまった。

尋常ではない態度をとられたにもかかわらず、涼花は少しも気にした様子がない。案外他の男たちからも、似たような反応をされたことがあるのではないか。

「お買い物ですか？」

「え、ええ、ちょっとコンビニまで行ってきました。小野寺さんは？」

「わたしは所用で出かけるところなんです」

「あ、そうなんですか」

改めて、彼女がエレガントなワンピースに、桜色のカーディガンを羽織ったお出かけスタイルであることに気がついた。

(所用って、男と会うのかな？)

考えかけて、人妻なのにそんなことがあるはずないと打ち消す。そうすると、夫とどこかで待ち合わせをしているのか。

靖史が小野寺氏を見たのは、だいぶ前に一度あったきりだ。それも、ふたりでいるところを離れた場所から目撃しただけである。

大きなキャリーケースを引いて去る夫に、涼花は手を振っていた。いつも朗(ほが)らかな彼女が、どこか悲しげな面持ちで。

のちに、小野寺氏は出張の多い仕事だと小耳に挟み、そうだったのかと納得した。あれは、しばらく離れ離れになる夫との別れを惜しんでいたのだと。

その後は、彼を見かけることはとんとなかった。本当に不在にしていることが多いらしい。

なのに、涼花は寂しさをおくびにも出さず、誰に対しても素敵な笑顔を見せる。おっとりしているように見えて、実は芯の強い、しっかりした女性なのかもしれない。

「では、ごきげんよう」

「ど、どうも」

ペコペコと頭を下げる靖史に穏やかな微笑を浮かべ、彼女が立ち去る。その後ろ姿を眺めて、思わずため息をこぼした。

(ああ、涼花さんとヤリたいなあ)

品のない願望を抱いたのは、堀井氏の妻、麻里江を抱いたときの昂ぶりと快感が、忘れられずにいたからだ。

おそらく余所の奥さんを抱くという背徳感も、悦びを高めていたに違いない。また、彼女が激しく乱れたことで充足感も味わい、結果としてこれまでで最高のセックスを体験することができた。

よって、感動が薄れないのは当然である。また別の人妻も抱いてみたいと、新たな欲望も芽生える。

そして、どうせ一夜を共にするのなら、より魅力的な相手がいいに決まっている。

(涼花さん、ひょっとして旦那さんを迎えに行ったのかな?)

どことなくいそいそしていたのを思い出し、もしやと勘繰る。そうだとすれば、今夜は久しぶりに夫婦の営みをするのではないか。

誰もが惹かれる素敵な奥様が、ベッドで夫に組み伏せられる姿を想像し、胸が焦がれる。人妻に惚れてもしょうがないとわかっていても、我がものにしたいという情動は抑えきれなかった。

できれば、せめて一度だけでも情けをかけてもらいたい。

(涼花さんの裸は、どんな感じなのかなぁ)

着衣の上からでは窺い知れないヌードを想像し、股間をじんわりと熱くする。年齢は麻里江とほとんど変わらず、おそらく三十路前後であろうが、肌はすべすべで、きっといい匂いがするに違いない。

そのくせ、アソコは生々しい女くささをこもらせているのではないか。それはそれで昂奮させられる。

いよいよたまらなくなって、靖史は自宅へ急いだ。昼食より何より、オナニーをして一発抜かないと、とても落ち着けそうになかった。

知美が出て行く前は、毎晩のように抱いていた。今も自慰を欠かさないから、もともと性欲が強いと言えよう。十代から二十代にかけて、女性に縁がなかった反動もあるのかもしれない。

よって、妻が出て行った今、余所の奥さんでもいいから抱きたいと望むのは、無理からぬことなのだ。

(堀井さん、またああいう場面をセッティングをしてくれないかな)

あの日、彼と入れ替わるとき、またいつでも協力しますと告げたところ、よろしく頼むよと笑顔で言われたのである。しかし、あれっきりだった。

とは言え、ほんの三日前のことなのだ。またすぐにと求めたら、いくらなんでも図々しいとあきれられるに違いない。

最低でも、一週間ぐらいはあいだを置くべきなのか。それまでは右手で欲望を処理するしかないのかと考え、靖史はやるせなさに苛まれた。なまじ最高の快感を知ってしまったために、自家発電で射精することが虚しくてたまらない。

もっとも、あの日の翌日ですら、麻里江の痴態を思い返し、二度もオナニーをしたのである。本当に虚しいと感じていたら、そこまで浅ましく快感を求めたりしまい。

麻里江が無理なら、別の人妻でもいい。誰か奥さんを貸してくれないかなと、欲望本位に考える靖史であった。

2

週明けの月曜日、家に帰ってもどうせひとりだからと、靖史はいつもの焼き鳥屋に立ち寄った。

「やあ、夏木君」

カウンターにひとりでいた先客に声をかけられる。いつものメンバーのひとり、黒縁眼鏡に七三分けの城山氏であった。

「ああ、城山さん。どうも」

挨拶をして、隣に腰掛ける。彼は瓶ビールを飲んでおり、

「いっしょにどうだい？」

と、気前よく誘ってくれた。

「すみません。いただきます」

こちらが年下ということもあってお言葉に甘え、コップをもうひとつもらう。そこに、城山氏がビールをトクトクと注いでくれた。

「それじゃ、乾杯」

「どうも。ご馳走になります」

軽くコップを合わせて、ビールで喉を潤す。至福の一杯に、仕事の疲れが吹き飛ぶようであった。

「奥さんが待ってるんじゃないんですか？」

訊ねると、城山氏は首を横に振った。

「決算が近いとかで、今日は遅くなるって連絡があったんだ。だから、ここで夕食を兼ねて飲んでるんだよ」

「決算……ああ、奥さんは経理部でしたね」

「うん」

城山氏と妻の美菜子（みなこ）は、三十三歳と同い年で、共働きである。大学時代からの付き合いで、彼女が勤める会社は業種が異なると聞いた。城山氏は医薬品会社の研究員で、奥さんとは忙しい時期が重ならずにすれ違いも多く、夫婦の時間がなかなか取れないと前に話していた。

　そんなふうに苦労するのなら、たとえ収入が減ったとしても、奥さんには家にいてもらったほうがいい。そう思ったものの、夏木家の場合は妻が出て行ったわけである。

（やっぱり主婦が嫌で、知美はおれから離れたのかな……）

　結婚したら仕事を辞めるように言ったとき、妻の知美はかなり不満そうだった。しかし、勤務先の会社には、夫婦で勤めることを良しとしない風潮があり、そのことを話すと渋々ながら受け入れた。靖史のほうは技術職のため給与が上で、どちらが辞めるかというのは相談するまでもなかった。

　そのとき、彼女は他のところに就職したいとも言った。靖史はあくまでも専業主婦でいてくれることを望んだから、いずれ落ち着いたらと生返事をして誤魔化した。

　以来、知美の再就職の話は、聞かないフリを続けてきた。

　それでも、ずっと家にいても寂しくないよう努力したのである。家事の腕前を褒めて食事もすべて平らげ、休日も一緒に過ごした。彼女は家にいても、生き甲斐を感じられたはずなのだ。

それこそ、夜の営みだって頑張ったのに。まあ、単に靖史自身がやりたかったからなのだが。

ともあれ、籠の鳥であることに知美は不満を募らせ、出て行ったのであろうか。他に理由らしいものは浮かばないし、その可能性が大である。

だからと言って、今さら折れて仕事を認めるのも面白くない。一方的に出て行かれたために、靖史のほうも意固地になっていた。

とりあえず、知美とは一度ちゃんと話したほうがいいなと考えていると、

「ところで、堀井さんの奥さんと寝たんだってね」

城山氏が唐突に話題を変える。靖史は危うく、手にしたコップを落とすところであった。

「な、何を言って——」

靖史がうろたえても、城山氏は平然としていた。

「堀井さんから聞いたんだよ」

これには、靖史は啞然とするばかりであった。

前に仲間内で飲んだとき、堀井氏がウチの女房を抱かないかと靖史に持ちかけたのを、城山氏も聞いていたはずだ。だが、あれを真に受けて、堀井氏にどうなったと問

いただしたわけではあるまい。

（じゃあ、堀井さんが自分からしゃべったっていうのか？）

なんて露悪趣味なのかと、顔をしかめる。靖史だって、最高のセックスだったと誰かに話したいのを、ぐっと我慢していたというのに。

まあ、いくら夫公認でも、団地内の人妻と不倫したなんて大っぴらに吹聴できることではない。巡り巡って麻里江の耳にでも入ったら、えらいことになる。

ところが、堀井氏も城山氏も、そんな危機感など少しも抱いていないらしい。

「堀井さん、夏木君に奥さんを抱いてもらってよかったって、すごく喜んでいたよ」

「おれが奥さんを満足させられたからですか？」

「そうじゃなくて、堀井さんもあとで、奥さんをたっぷりと可愛がったそうだよ」

「へ？」

どういうことなのかと、靖史は混乱した。

堀井氏は、夜の営みがめっきり弱くなったものだから、代わりに女房を抱いてくれと依頼してきたのである。そこまでしておきながら、どうして我が身に鞭打つ必要があるのか。

（そもそも、堀井さんが自分で奥さんを可愛がれるのなら、おれなんかに頼む必要は

ないんだよな）

その疑問を、城山氏が解説してくれる。

「堀井さんの話では、夏木君に責められてぐったりしていた奥さんを見たら、妙に昂奮したそうだよ。ものすごく色っぽかったって」

「はあ……」

「それに、他の男にヤラれたことで、かえって独占欲が強まったらしいね。こいつはおれの女なんだって再認識して、抱かずにいられなかったっていうからさ」

その心理は、丸っきり理解できないでもなかった。大学のときの初体験の相手が、他の男と歩いているのを見たとき、靖史も悔しさと絶望を嚙み締めつつ、彼女をすぐにでも抱きたいと激しく欲情したのだ。

とは言え、寝取られることに昂奮するなんて趣味はない。仮に知美が他の男とセックスをしたら、ショックでどうにかなってしまうだろう。

だからこそ、堀井氏に妻を抱いてくれなんて持ちかけられたときにも、最初は躊躇したのである。

「たぶん、いい刺激になったんだろうね」

城山氏の言葉に、靖史は「え、刺激？」と訊き返した。

「いくら好き合って結ばれた相手でも、新鮮な感情を持ち続けるのは不可能だもの。夫婦生活だってマンネリになるさ。だけど、何かしらの変化が生じることで、新鮮な気持ちを取り戻せると思うんだよ。コスプレとまでは言わないけど、たとえば普段と違う装いを見せられるだけでも、やけに綺麗に見えたりするし」

マンネリになるほど長い結婚生活を送っていなくても、彼の意見は靖史にも共感できた。知美が新しいエプロンを着けたときに、思わず欲情してキッチンで抱いたことがあったのだ。

「ということは、堀井さんはそうなるのを見越して、おれに奥さんを抱かせたっていうんですか？」

「いや、さすがにそこまでは企んでいなかったと思うよ。要は怪我の功名というか、予想外にいい方向に進んだってことかな」

「いい方向……」

「だって、堀井さんはあれから毎晩、奥さんを抱いてるっていうからね」

「ええっ⁉」

「そのおかげなんだろうけど、昨日麻里江さんに会ったら、前よりも綺麗で、色っぽくなってたよ。夜の生活に大満足みたいだね」

まさかそんなことになっていたとは露知らず、靖史は驚くよりもあきれるばかりだった。そして、密かに望んだことが実現不可能であるとわかり、大いに落胆する。

(堀井さんがそこまでやる気になったのなら、おれの出番はもうないってことじゃないか!)

また身代わりを頼まれるだろうと期待していたのに、お払い箱の公算が大きい。つまり、虚しい自慰生活が今後も続くのだ。

靖史ががっかりしたことに気がついたのか、城山氏がビールを注いでくれる。

「あ、どうも」

「ところで、おれも夏木君にお願いしたいことがあるんだけど」

「え、何ですか?」

「ウチの女房も抱いてくれないかな」

ちょうどビールを口に含んだところだったから、靖史は危うく吹き出しそうになった。

麻里江が無理なら、他の奥さんでもかまわないと考えたのは事実である。だが、こんなにもすぐに人妻を差し出されるとは、予想もしなかった。

まして、いかにも堅物そうな城山氏からなんて。

「ど、どうしておれに、そんなことを頼むんですか？」

さすがに手放しで喜べるようなことではなく、怖ず怖ずと訊ねる。

「堀井さんの話を聞いてわかったんだ。おれたち夫婦にも刺激が必要だってね」

「え、どうしてですか？」

「そりゃ、夜の生活が充分とは言えないからだよ」

城山氏は、まだ三十三歳である。四十代の堀井氏のように、股間の元気が足りないというのか。

「充分じゃないってことは、奥さんの求めに応えられないんですか？」

「おれだけじゃなくて、ふたりともそうなんだよ」

「え、ふたりとも？」

「お互いに忙しいから、なかなかタイミングが合わないし、いざ時間ができても、疲れてその気になれないことが多いんだ」

どうやら共働きゆえの悩みらしい。

「だったら、べつに無理して抱き合わなくても」

「いや、そろそろ子供が欲しいから、頑張らなくちゃいけないんだ。でも、排卵日がどうとかって気にしだすと、プレッシャーでうまくいかなくってさ」

そこまで子作りに切羽詰まっていなかった靖史には、他人事でしかない話であった。ただ、夫婦生活に余裕を持つためには、奥さんが家にいたほうがいい。と、自らの考えが誤っていなかったことを再認識する。

「だから、新婚時代の気持ちに戻って、余計なことを考えずに妻を抱くためには、刺激が必要なんだよ」

「そのために、おれに奥さんを抱けっていうんですか？」

「うん。堀井さんの話を聞いて、それしかないなって思ったんだ」

堀井氏も、城山氏が子作りで悩んでいると知って、自分のことを打ち明けたのかもしれない。妻を他の男に抱かれたら俄然燃えて、やる気になったと。

だとしても、城山氏が自らそんなことを提案するとは。理系の人間ゆえ、感情ではなく理詰めで考え、それが最良だという結論を導き出したのか。

「頼むよ。ウチのやつも納得してるんだから」

これに、靖史は思わず「ええっ！」と声を上げた。

「ウチのやつって……お、奥さんも了解してるってことなんですか？」

「そうだけど、声が大きいよ」

「あ――」

公（おおやけ）の場に相応しくない話題であることを思い出し、靖史は声のトーンを落とした。

「じゃあ、おれが麻里江さんを抱いたことを、奥さんに話したんですか？」

「うん。それで、ウチもどうだって言ったら、たしかに刺激的でいいかもしれないって、すぐ乗り気になったよ」

なんてさばけたひとなのか。もしかしたら夫との営みに不満があって、二十代の男の体力に期待したのかと、品のないことを考える。もちろん、そんなことは城山氏に言えない。

「乗り気って、それじゃあ奥さんはおれと、その、してもかまわないっていうんですか？」

「かまわないっていうか、是非にってことなんだけど」

「城山さんもですか？」

「もちろんさ。堀井さんは奥さんにわからないようにしたそうだけど、わが家の場合はそんな細工はいらないよ。おれたちは子作りのためにも刺激が必要なんだ」

「……そうなんですか？」

「ウチの美菜子は、おれしか男を知らないんだよ。だから、他の男とすることに興味津々（しんしん）でさ。まあ、おれはそこそこ遊んだけれど、あいつが他の男に抱かれれば、堀井さんみたいにけっこう燃えると思うし」

つまり、夫婦揃って納得ずくの不倫ということになる。いや、当人たちが了承しているのだから、不倫とも浮気とも言えまい。

最も近いのは、夫婦交換だろうか。けれど、靖史の妻は参加も了承もしていないから、それも違う。要は、靖史が夫婦の営みを活性化させるための、文字通り当て馬に雇われるということだ。

しかしながら、実際に城山氏の奥さん——美菜子とセックスができるのである。いっそ役得とも言えるだろう。

「まあ、美菜子は堀井さんの奥さんほど美人じゃないし、不満はあるだろうけど、どうか抱いてやってくれないかな」

「いや、不満なんて。充分に魅力的じゃないですか」

「そうか？」

事実、彼女を抱けるのかと考えるだけで、靖史の心臓は壊れそうに高鳴っていたのである。

夫とは一緒に飲む間柄でも、奥さんのほうは顔見知りという程度だ。会社で経理を担当しているだけあって、美菜子はいかにも真面目そうという印象があった。

学生時代に、普段はおとなしくて目立たないが、地道に努力して成績の上位をキープする女子がいた。まさにそういう感じか。学級委員よりは、図書委員とか保健委員のタイプだ。

なるほど、目を惹くような容姿ではない。顔立ちはごく普通ながら、誠実な人柄が窺える。ひと好きのする穏やかな微笑にも、靖史は好感を抱いていた。

それゆえに、夫以外の男に抱かれることを了解したなんて、なかなか信じられなかった。

「夏木君も乗り気みたいだな。じゃあ、よろしく頼むよ」

にこやかに言い、城山氏がビール瓶を差し出す。杯を受けつつも、靖史は戸惑いを隠しきれなかった。

3

善は急げだと城山氏が言い、焼き鳥屋で話をした翌日、さっそく美菜子と夜を共にすることになった。

（本当にいいのかな……）

未だに気持ちが揺れたまま、約束した夜の七時に城山宅を訪問したところ、

「いらっしゃい。どうぞ」

夫人の美菜子が出迎えてくれた。どことなく恥じらいを含んだ微笑で。

「あ、ど、どうも」

靖史が思わず直立不動の姿勢になったのは、彼女の表情がこれまでになく色っぽく、やけにチャーミングだったからである。

(美菜子さんって、こんなに綺麗だったっけ?)

普段着っぽいトレーナーとジーンズに、胸当て付きのシンプルなエプロンを着けているだけなのである。そんな装いすら輝いて見えた。

夫以外の男とのセックスに期待がふくらみ、フェロモンが多量に分泌されているのか。三十三歳の色香が匂い立つようだ。

「どうしたの? 入って」

促され、ようやく我に返る。

「は、はい」

靴を脱ぐのにもまごつくほど緊張したまま、靖史は城山家の中に入った。

ダイニングキッチンの食卓には、食事の準備が整っていた。夕飯をご馳走すると言

われていたので、招かれるまま席に着く。

「あの、城山さ――旦那さんは？」

料理の皿がふたり分しかないことに気がついて訊ねると、美菜子は味噌汁をよそいながら答えた。

「今夜は仕事で遅くなるの」

「あ、そうなんですか」

「それに、妻が他の男に抱かれるのに、部屋にいるのは気まずいでしょ。ちょうどよかったわ」

これからすることを匂わせる、というより、ほとんど直接的な言い回しをされて、靖史はどぎまぎした。

（美菜子さん、本当におれとするつもりなんだ……）

これから肉体関係を持つ人妻を前にしているのだ。実感が強まり、ますます落ち着かなくなる。

一方、美菜子のほうは悪びれることもなく、平然としているように見受けられる。五つも年上だから、余裕があるのだろうか。そのぶん、靖史のほうもいつしか彼女に甘えたいという心持ちになった。

「美菜子さんは、今日は定時で帰られたんですか？　旦那さんに、決算前で忙しいって聞いたんですけど」

「ええ。早く帰れるように、昨日は残業して頑張ったのよ」

では、今日のことは前から計画済みだったのか。心の準備はとおにできていて、だからこんなにも落ち着いていられるようだ。

「それじゃ、食べましょ」

にこやかに言われ、靖史は「はい、いただきます」と箸を取った。正直、緊張で指が震えているし、胸がいっぱいであまり食べられそうになかった。

そう思っていたのに、ひと口食べただけで気持ちがすっと楽になる。

（あ、美味しい）

家庭の味は久しぶりで、しかも美菜子は料理がかなり得意らしい。煮物も味が染みて美味しいし、味噌汁も出汁の加減が抜群だった。

「すごく美味しいです」

称賛すると、彼女は嬉しそうに頬を緩めた。

「よかったわ。たくさん食べてね」

「はい」

手作りだというコロッケも、外がパリパリ、中がホクホクで、ソースとの相性も抜群だ。決して凝ったメニューではないのに食が進む。

靖史はご飯も味噌汁もおかわりをして、お腹いっぱいになった。

「ご馳走様でした」

両手を合わせて頭を下げると、美菜子が「お粗末様でした」とにこやかに返す。急須に準備してあったお茶を湯飲みに注ぎ、「どうぞ」と出してくれた。

「あ、すみません」

熱めの玄米茶をすすり、すっかり和んだ気分になる。

何気なく見回せば、料理のあとでもキッチンは片付いているし、どこもかしこもピカピカだ。普段から掃除が行き届いているようである。

(仕事が忙しいのに、家事もきちんとしているんだな)

家のことはほとんど妻に任せていると、前に城山氏が話していた。ここまで完璧にするとは、なんてできた奥さんなのかと感心する。

(知美よりも、ちゃんとやっているんじゃないか？)

つい自分の妻と比べてしまう。出て行った恨みも重なって、専業主婦なのにと責めずにいられなかった。

美菜子とふたりで食後のお茶を飲みながら、会話はほとんどなかった。気まずかったわけではない。時おり視線を交わし、互いに通じる思いを感じていたのだ。

あたかも、初めての夜を前にした、恋人同士のように。意識は自然と、これからの甘美なひとときへと向いていた。

(美菜子さんも、セックスでは麻里江さんみたいに乱れるのかな)

真面目そうな普通の奥さんという印象ゆえに、そんな姿は想像しづらい。いやらしく悶えるところを見せられたら、ギャップで昂奮もひとしおだろう。

「じゃあ、お風呂に入ってちょうだい」

お茶を飲み終えると、美菜子が入浴を勧める。そこまで世話になるとは思っていなかったから、靖史は自分のところでシャワーを浴びてきたのだ。ベッドインの前のエチケットとして。

「いえ、もうシャワーを浴びましたので――」

遠慮すると、彼女はわずかに眉をひそめた。

「だけど、せっかく沸かしたんだし、シャワーだけじゃ疲れも取れないでしょ」

「まあ、それは……」

「わたしはここの後片付けもあるから、ゆっくり温まってちょうだい」

「じゃあ、お言葉に甘えて」

靖史は一礼して脱衣所へ向かった。

洗面所も兼ねたそこは、当然ながら自分の住まいと変わらない造りである。洗面台も、洗濯機の周りもきちんと片付いているのは、キッチンと同じだ。

(本当によくできた奥さんだな)

そんな良妻の貞操を奪っていいものかと、今さら罪悪感を覚える。とは言え、せっかくの機会をふいにするつもりは毛頭なかった。

脱いだものを脱衣籠に入れ、バスルームに入る。浴槽には、入浴剤のいい香りをたち昇らせるお湯が湛えられていた。

(至れり尽くせりって感じだな)

据え膳をいただくだけでも申し訳ないのに、ここまでしてもらったら罰が当たるのではないか。

流し湯をして風呂につかると、熱めのお湯が肌に染み入る。靖史は「ふうー」と、長い息を吐き出した。

これから余所の奥さんをいただくにしては、やけに穏やかな時間が流れている気がする。城山家にお邪魔したときこそ緊張していたが、今はすっかり気持ちが楽になり、最初はどんな体位でしようかと、あれこれ考える余裕も生まれた。

何より、美菜子が親愛の情を示しているから、こちらも変に構えることなく済んでいるのだ。

（美菜子さんは、おれとセックスしても全然かまわないって感じだな）

夫に対して申し訳ないという気持ちは、微塵も窺えない。今回の件は城山氏が持ちかけたから、操（みさお）を立てる必要はないということなのか。

というより、美菜子自身が、積極的に交歓を求めているように見える。

（やっぱり、旦那さん以外の男を知りたいのかも）

男がひとりでも多くの女性を抱きたがるように、女性にも同様の願望があるのかもしれない。全員がそうだというわけではないにせよ。

だとすると、ベッドでも積極的に振る舞うのではないか。意外な面を見せられるかもしれず、ますますそのときが待ち遠しくなる。

期待に膨張したペニスを湯船の中で握り、ゆるゆるとしごく。下腹にへばりつくほど硬化しているのは、昨晩オナニーをしていないためもあった。今夜のためにザーメンを温存しておいたのである。

とは言え、膣内に出すことは許されまい。言われずとも、靖史は避妊具を準備していた。

　精子を無駄づかいしなかったのは、何回も愉しみたかったからだ。麻里江のときは三回射精したから、今日は四回ぐらい出したい。そのため、コンドームも多めに持ってきてあった。

　さすがに中で射精できないまでも、ちょっとだけナマで挿れさせてもらえないだろうか。そんな都合のいいことを考えていたら、

「お湯加減、どう？」

　いきなり声をかけられ、心臓の鼓動がはね上がる。振り返ると、半透明の折戸に人影が映っていた。

「は、はい。大変けっこうです」

　うろたえつつ答えると、返事の代わりに折戸が開く。浴室に入ってきた美菜子に、靖史はまたも驚愕した。

　なんと、一糸まとわぬ素っ裸だったのだ。

「わたしも入らせてもらうわね」

　彼女は目許を恥じらい色に染めているものの、どこも隠そうとしていない。かたちのいいお椀型のおっぱいも、陰部に逆立つ恥叢も、大胆に晒していた。

このあと、ふたりはセックスをするのである。どうせすべてを見られるのだから、かまわないということなのか。

三十三歳の熟れたヌードは、下腹のあたりにふっくらと脂がのっているものの、全体として均整が取れていた。ベッドで拘束されていた麻里江よりも、生々しいエロティシズムを感じるのは、浴室という日常的な場所で裸になっているからであろう。

（なんて色っぽいんだ……）

美菜子が浴槽の脇にしゃがむ。そんな飾らない所作にも、やけにそそられた。

タライでお湯を汲み、流し湯をする人妻。股間を清める動作に、靖史は焦って顔を背けた。そんなところを見るのは失礼だと思ったのだ。

すると、立ちあがった彼女が、お湯に片脚を入れてくる。

「ちょっと空けてもらえる」

言われて、靖史は両脚を抱えるようにして身を縮めた。

浴槽は、ひとりなら脚をのばせるだけの大きさがある。ふたりだとさすがに窮屈で、互いに触れることなく入るのは不可能だ。

そのため、向かい合った美菜子の臑（すね）が、脚のあいだに割り込んできた。

（ああ、そんな）

肌のなめらかさが、お湯の中でもたまらなく気持ちいい。股間の分身が、もっと親密にふれあいたいとばかりに脈打った。

「そんなに堅くならなくていいのに」

緊張を漲らせる靖史に、彼女が可笑しそうに口許をほころばせる。そうは言われても、いきなり余所の奥さんと入浴することになったのだ。リラックスできるような状況ではない。

「あうッ」

靖史は声を洩らし、腰をビクンと震わせた。人妻の爪先が、強ばりきった秘茎をすっと撫でたのである。

「あら、こっちも硬くなっていたのね」

艶っぽい笑みをこぼした美菜子が、尻をずらして接近してくる。手をのばし、反り返るものをためらわずに握った。

「ううう」

悦びがふくれあがり、意志とは関係なく身をくねらせてしまう。柔らかな指の感触が、凶悪的に快かったのだ。

「すごいわ。カチカチ」

握り手を緩やかに上下されるだけで、快美に目がくらむ。早くも頂上が迫ってきて、靖史は「あ、あっ」と焦りの声を上げた。

「こんなに脈打っちゃって、やっぱり若いのね」

「み、美菜子さん……」

「ねえ、よく見せて」

促されて立ちあがり、靖史は浴槽の縁に腰掛けた。膝も大きく離されて、年上女性の前で恥ずかしいおっ広げポーズをとらされる。

(ああ、そんな)

お湯で温められて赤みを増したペニスは、羞恥にまみれても勢いを失わない。それどころか、もっと見てとばかりに膨張を著しくする。亀頭など粘膜が張り詰めて、今にもパチンとはじけそうだ。

「すごいわ……」

美菜子が目を輝かせ、まじまじと見入るものだから居たたまれない。

彼女にとっては、これが夫以外で初めて目にするペニスなのだ。それゆえに好奇心が刺激され、凝視せずにいられないのか。

(ことは、旦那さんのと比べているのかな？)

思ったところで、再びしなやかな指が筒肉に巻きつく。

「むふぅ」

靖史は鼻息を吹きこぼし、膝をガクガクとわななかせた。

「いつもこんなに硬くなるの？」

興味津々という問いかけに、「ええ、まあ」と答える。

「ふうん。いいわね」

感心した面持ちを見せたところを見ると、城山氏はここまで硬くならないのか。まだ三十三歳だというのに。

だが、大学時代からの付き合いということは、関係を持って十年以上にもなるのだろう。だとすると、最初の頃のような新鮮さはなくなって、股間も昔ほど元気にならなくても不思議ではない。

「綺麗なオチンチンね」

つぶやかれ、靖史は居たたまれなくなった。城山氏のペニスは、もっと男らしく黒々としているのかもしれない。

（そこそこ遊んだって言ってたものな）

美菜子と知り合う前か、あるいはそのあとも、親密な関係を持った異性がいたのだろうか。研究者だからお堅いのかと思えば、下半身はそうでもないらしい。

靖史のほうは、妻以外にはひとりしか知らない。夫婦の営みは頻繁だったけれど、経験数は絶対的に少ないだろう。それがペニスの色に現れているのを、人妻に見抜かれた気がした。

もっとも、彼女は蔑んでいるわけではないらしい。逞しく反り返る男根を、惚れ惚れと見つめているからだ。

下腹にへばりつくそれを、美菜子が自分のほうに傾ける。鈴割れに丸く溜まった雫を見つけ、人差し指の先でチョンと突いた。

「もうお汁が出ちゃったのね」

糸を引いてきらめく先走り汁を、彼女は嬉しそうに眺める。指先をこすり合わせ、粘つき具合も愉しんだ。

「こんな元気なオチンチンを挿れられたら、アソコが壊れちゃうかも」

冗談めかして言い、今度はペニスに顔を近づける。

「味見させてね」

告げるなり、紅潮した亀頭をぱくりと頬張った。

「おおお」

靖史はのけ反り、尻をくねらせた。浴槽の縁から落ちそうになり、どうにか足を踏ん張って堪える。

味見をさせてというのは、比喩でも何でもなかったらしい。美菜子はチュパチュパと舌鼓を打ち、目を細めて肉根をしゃぶる。ねっとりと絡みついた舌も小刻みに動き、蕩けるような気持ちよさを与えてくれるのだ。

「ああ、ああ、み、美菜子さん」

声を震わせると、彼女が上目づかいで見つめてくる。年下の男をもっと感じさせようとしてか、舌先で敏感なくびれをチロチロと舐めくすぐった。

靖史はまったく堪え性がなかった。昨晩はオナニーをせず、精子を溜めておいたのが裏目に出たようだ。

「だ、駄目です。出ちゃいます」

息を荒ぶらせて告げても、美菜子はきょとんとした面差しを見せる。フェラチオを始めたばかりだから、そこまで切羽詰まっているとは思わなかったのか。

そのため、否応なく頂上に至った。

「ううう、い、いく」

秘茎がビクンビクンとしゃくり上げたことで、彼女もようやく察した。焦り気味に口をはずしたのと同時に、濃厚な樹液が糸を引いて放たれる。

「キャッ」

ザーメンを鼻筋に浴びて、美菜子が悲鳴を上げる。それでも手にした強ばりをしごき続けたのは、射精中に刺激されるのが快いと知っていたからであろう。

おかげで、靖史は強烈な快美感に翻弄(ほんろう)され、牡のエキスをたっぷりとほとばしらせることができた。

「くはッ、はぁ、はふ」

荒ぶる息づかいを持て余し、最後の雫をじゅわりと溢れさせたところで、自らの不始末に気づく。

「す、すみません」

謝罪しても、すでに遅い。年上の人妻は、顔や胸元を白濁の汁でべっとりと彩(いろど)られていた。

「いくらなんでも早くない？」

美菜子が眉をひそめ、小鼻をふくらませる。ドロドロした精液の青くさい匂いにも、辟易(へきえき)している様子だ。

「すみません。美菜子さんにしゃぶられて、すごく気持ちよかったものですから」

「それは光栄だけど……」

「あと、美菜子さんの裸を見たときから昂奮しっぱなしで、そのせいで我慢できなかったんです」

彼女は満更でもなさそうに口角を持ちあげた。自身の魅力が年下の男を翻弄したと知って、嬉しかったのか。

「だったらしょうがないわね。ちょっと待ってて」

美菜子はそろそろと立ちあがった。顔にかかったザーメンが垂れないよう、下を向くことなく湯から上がる。

幸いにもかなり濃いのが出たから、肌にへばりついて滴らずに済んだようだ。彼女はシャワーで粘つきを洗い流すと、そのままクレンジングと洗顔を始めた。

靖史は射精後の気怠さにまみれたまま、白い背中をぼんやりと眺めた。

（……もったいなかったな）

あえなく爆発したことを、今さら悔やむ。美菜子を落胆させてしまったことにも、申し訳なさが募った。

ただ、精子を溜めていたことが幸いしたか、たっぷりと放精したペニスは、未だ完全には萎えていなかった。多少は力を失ったものの、六、七割の膨張を維持し、水平の位置をキープしていた。

洗顔を終えた美菜子が振り返る。唇を歪め、

「すっぴんなんて、ウチのひとにしか見せたことがないのに」

と、恨みがましげに睨んできた。

もっとも、普段の彼女はそれほどメイクが濃いわけではない。ナチュラルに近く、肌もきめ細やかで若々しい。

そのため、メイクを落としても、印象はほとんど変わらなかった。

「美菜子さんは、素顔もお綺麗ですよ」

正直な感想を口にすると、人妻が驚きをあらわにする。それから、急に落ち着きをなくしたみたいに、目を泳がせた。

「あ……ありがと」

礼を言って、顔を伏せる。年下の男に綺麗だなんて言われて、照れくさかったのだろう。

「さ、ちゃんと温まらなくちゃ」

誤魔化すみたいにつぶやき、そそくさと浴槽に入る。肩までお湯に身を沈め、

「ほら、あなたも――」

そう声をかけたとき、美菜子は靖史の股間を目にして驚愕を浮かべた。

「え、まだ大きなまんまなの？」

半勃ちを保っている牡器官をしげしげと見つめる。かなりの量を放ったあとなのに、萎えていないのが信じ難いようだ。

「だって、美菜子さんの裸をずっと見ているんですから」

さすがに、昨夜はオナニーをしていないから溜まっていたなんて言えない。

「本当に？」

半信半疑の面持ちながら、水平を保つ肉器官に手をのばす。上下に揺れるそれに白魚の指を絡め、キュッと握った。

「むうう」

染み渡るような快さに呻くなり、海綿体が再び血潮を満たす。

「え、えっ、嘘」

力を満たし、たちまち上向きになった肉根に、彼女は素っ頓狂な声を上げた。膨張をとどめようとしたわけではあるまいが、握りを強める。

その指をはじき返さんばかりの勢いで、ペニスは堂々たる風格を示して反り返った。

「すごいわ……もうこんなに硬くなっちゃった」

指に強弱をつけ、美菜子が漲り具合を確認する。どこか遠慮がちなのは、またすぐに爆発したらまずいと思ってなのか。

それでも、逞しい脈打ちに煽られ、緩やかに手を上下させる。

「むふぅ」

靖史は鼻息をこぼし、両手で浴槽の縁を握りしめた。そうしないと落っこちそうだったのだ。

「元気だわ。さすが若いのね」

「み、美菜子さんの手が気持ちいいからですよ」

手柄を譲ることで、人妻が頰を上気させる。

「これなら何回でもできそうね」

と、おねだりの眼差しで見つめてきた。もちろん、靖史もそのつもりだ。

4

靖史は素っ裸のまま、そして、美菜子は裸身にバスタオルを一枚巻いて、寝室へ向かった。

ベランダに面した六畳の洋間は、堀井氏のところと同じ場所にダブルベッドがあった。他にはドレッサーと姿見、ウォークインクローゼットがあるぐらいである。

今日はこのあいだのように、奥さんがベッドに拘束されているわけではない。お互い合意の上でセックスをするのだ。

「何だか緊張するわね」

美菜子がつぶやくように言う。それまでは余裕のある態度を示し、素っ裸で浴室に入ってくるなど大胆なところを見せていたのに、どこか様子がおかしい。落ち着かなく視線をさまよわせている。

(怖じ気づいたのかな？)

いざそのときを迎え、夫への罪悪感が湧いてきたのか。

しかし、靖史のほうは気持ちよく精をほとばしらせたばかりとは言え、これで終わるわけにはいかない。何しろ、股間の分身はまだし足りないとばかりに反り返り、下腹をぺちぺちと打ち鳴らしていたのだ。

ここは自分が積極的になるしかあるまい。そう判断し、靖史は彼女に声をかけた。

「さ、美菜子さん」

腰に手を添え、前へと促す。

「う、うん」

熟れ妻がためらいがちに足を進め、ベッドに上がる。取り替えたばかりと思しき、洗剤のいい香りを漂わせるシーツに身を横たえると、不安げな面持ちで靖史を見た。

「すぐにするの？」

少しでも時間を稼ぎたそうな問いかけに、靖史もベッドに上がって首を横に振った。

「その前に、お返しをさせてください」

「え、お返し？」

「さっきはおれが気持ちよくしてもらったから、今度はおれが美菜子さんを気持ちよくしてあげたいんです」

ただの義務感からではなく、是非そうしたいという気持ちを言葉に滲ませる。

「気持ちよくって――」

靖史の言葉を反芻するなり、美菜子は狼狽をあらわにした。年下の男が何をするつもりなのかを察したのだ。

「そ、そんなことしなくていいわよ」

「どうしてですか？」

「だって――は、恥ずかしいもの」

目を潤ませたから、それは本心なのだ。しかし、恥ずかしいのは性器を見られることなのか、それともクンニリングスそのものなのか。もしかしたら、乱れてはしたない姿を晒しそうだから、拒んでいるかもしれない。

「だけど、これからもっと恥ずかしいことをするんですよ」

「でも……」

ためらいを無視してにじり寄ると、彼女はバスタオルで隠した胸元をギュッと摑んだ。だが、用があるのはそっちではない。

ほぼ剝き身の太腿は、お肉がむちむちで美味しそうだ。早くさわってとばかりに、成熟した色香を撒(ま)き散らす。

(美菜子さんだって、本当は舐められたいんじゃないのかな)

バスタオルに包まれた艶腰が、いかにも物欲しそうに左右に揺れる。羞恥に苛まれているのは事実ながら、一方で欲望にも抗えないのではないか。少なくとも寝室に来るまでは、その気になっていたのだから。

よって、無理を通しても拒むことはないはず。

閉じられた両膝に手を置くと、人妻の下肢がピクンとわななく。左右に開くと「いやぁ」と嘆いたものの、予想どおり抵抗しなかった。

彼女の両膝を立たせ、M字のかたちにしてから、靖史は中心に顔を近づけた。

(ああ、これが――)

あらわになった女芯に、胸が高鳴りを示す。

美菜子の秘毛は淡く、量も少ない。恥丘に小さな逆三角形をこしらえるのみで、性器の佇まいをつぶさに観察できた。

陰部は全体に肌の色がくすんでおり、ぷっくりした肉まんじゅうが裂け目でふたつに分かれている。合わせ目からはみ出した花弁は小ぶりながら、端っこが濃く色づいていた。

淫靡(いんび)な眺めに劣情が募り、無意識に漂うものを深く吸い込む。入浴後のそこは、ボディソープの残り香しかしなかった。

「そ、そんなに見ないで」

震える声が訴えるなり、秘肉の合わせ目がすぼまる。閉じたミゾから、透明な蜜がぢゅわりと溢れた。

(やっぱり舐められたいんだ)

これぞ発情の証拠だとばかりに、靖史は濡れた恥割れにくちづけた。

「あふんっ!」

軽くキスしただけで、艶めいた喘ぎがこぼれる。脂ののった下腹がヒクヒクと波打った。

「だ、ダメ……そんなこと、し、しなくていいからぁ」

拒みながらも、蜜穴は温かなジュースをこぼす。ほんのり甘いそれを、靖史はぢゅぢゅッと音を立ててすすった。

「イヤイヤ、ば、バカぁ」

肉体の反応とは裏腹に、美菜子は口では抵抗を示し続ける。それでも、敏感な肉芽を探られ、吸いたてられたことで、熟れたボディが大きくはずんだ。

「あ、あぁッ」

悦びの声がほとばしり、シーツの上でヒップがくねる。逃げそうになるクリトリスを追いかけ、靖史はしつこくねぶり回した。

「くうう、そ、そこ、弱いのぉ」

ようやく快楽を享受する気になったか、人妻は切なげによがりだした。

(よし、感じてるぞ)

嬉しくなり、もっとよくしてあげようと陰核包皮を剝く。顔を出した桃色の真珠を、舌先でピチピチとはじいた。

「あっ、ああっ、ダメ……っ、強すぎるぅ」

刺激が強烈だったようで、美菜子がハッハッと苦しげな息づかいを示す。

(すごく敏感なんだな)

だったら違う責め方をしようと考え、恥割れ内のヌメった粘膜を、掘り返すように舐めた。

「くふぅうう」

悩ましげな喘ぎが聞こえる。刺激としては、ちょっともの足りなさそうな感じを受けた。

ならばこれはどうかと、舌を膣に侵入させ、小刻みに出し挿れする。すると、熟れ腰がいやらしくうねりだした。

「あああ、そ、それぇ」

甘える声で快さを訴えたのち、「おぅおぅ」と低い呻きをこぼす。肉体のさらに深いところで感じているふうだ。

(中が気持ちいいみたいだぞ)

靖史は舌をさらに深く突き挿れ、抽送の速度も上げた。

「あ、あっ、イヤイヤ、それ、ヘンになっちゃう」

美菜子は泣くような声でよがり、蜜穴をせわしなくすぼめた。舌を捕まえようとしたのかもしれないが、粘っこい愛液が多量に溢れており、ヌルヌルとすべって捕獲は無理である。

（いやらしいよ、美菜子さん）

劣情にまみれつつ、狭い洞窟をほじっていると、「ね、ねえ」と彼女から声をかけられる。

「お願い……オチンチンをしゃぶらせて」

下腹が休みなく波打っていたから、頂上が近いのではないか。どうやら乱れるところを見せたくなくて、はしたない言葉遣いでフェラチオを申し出たらしい。

（あ、そうか。だったら——）

望みに応えるべく、靖史は口を陰部からはずした。

見ると、美菜子はバスタオルが完全にはだけ、一糸まとわぬ姿を晒している。ぐったりして手足をのばした彼女の隣に、靖史はからだの向きを逆にして横たわった。

「もう……あんなに舐めるなんて」

気怠げにこぼしながら、美菜子がのろのろと上体を起こす。強ばりきった牡根に指を絡めたところで、靖史は彼女の足首を摑んだ。

「え？」

きょとんとしたのを無視して女らしい下肢を引き寄せ、上に乗るよう促した。

「ちょ、ちょっと、なに？」

焦る人妻に、靖史は腕の力を緩めることなく告げた。

「いっしょに舐めっこしましょう」

「ええっ⁉」

「ふたりでしたほうが、もっと気持ちいいですよ」

彼女が戸惑い、抵抗できないのをこれ幸いと、逆向きで跨がせる。麻里江ほどボリュームはないが、まん丸のヒップが目の前に迫った。

ぱっくりと割れた底部には、淫靡な花園がまる見えだ。それから、おしりの穴も。

「やん、こんなの……恥ずかしいっ」

美菜子が羞恥に身を震わせる。秘めるべきところを男の前に晒していると、わかっているのだ。

デスクワークが長いためか、臀部と太腿との境界付近は、肌の色がわずかにくすんでいた。ポツポツと、吹き出物らしき跡も見える。

それは仕事を一所懸命している彼女の、勲章みたいなものなのだ。

ねぎらうつもりで熟れ尻を引き寄せ、丸みにキスを浴びせる。くすんだ肌は、丹念に舐めてあげた。

「あうう、く、くすぐったいぃ」

美菜子がおしりをくねくねさせる。形勢逆転を狙ってか、猛る屹立にむしゃぶりついた。

「ふんッ」

ふくらみきった亀頭を強く吸われ、太い鼻息がこぼれる。舌が粘膜を這い回り、腰の裏がゾクゾクする快美が生じて、靖史は腰を揺らした。

（うう、気持ちいい）

風呂場では早々に昇りつめたため、人妻のフェラテクを堪能できなかった。今はまだ余裕があるため、口戯の巧みさに改めて舌を巻く。ヌルヌルと動かされ、今にもペニスが溶け落ちそうであった。

お返しにと、靖史もクンニリングスを再開させる。

「むふぅ」

美菜子が鼻息をこぼし、それが陰嚢の縮れ毛をそよがせる。再び膣口に尖らせた舌を侵入させると。目の前の双丘がギュッと強ばった。

「おふぅ」

咎(とが)めるみたいに、彼女が肉胴に軽く歯を当てる。ペニスをかみ切られたら大事であるが、もちろんそんなことはしまいと踏んで、靖史は舌を忙しく出し挿れさせた。

「ンっ、んふッ、ふんっ」

呼吸がはずみ、フェラチオの舌づかいがおろそかになる。かなり感じているのは明らかで、このまま続ければイクかもしれない。

(さっきはおれがイカされたんだし、同じようにしないとフェアじゃないものな)

というより、人妻が乱れ、あられもなく絶頂するところを見たかったのだ。

尻の谷底では、セピア色の秘肛がヒクヒクと収縮している。愛らしくもエロチックな眺めに煽られて、そこも舐めたくなった。

麻里江はアナル舐めをされ、オルガスムスに至ったのだ。同時にクリトリスもこすられたけれど、尻穴への刺激が快感を増幅させたのは間違いない。

だったら、美菜子も同じような反応を示すのではないか。

蜜穴から舌を抜くと、彼女も肉根を解放する。靖史の上で脱力し、鼠蹊部に顔を伏せて深い呼吸を繰り返した。

(よし。今のうちに)

　靖史は可憐なアヌスをひと舐めした。

　ピクン――。

　ふっくら臀部が肌を震わせ、放射状のシワがすぼまる。美菜子はかすかに呻いただけで、顕著なリアクションを見せなかった。

（何をされたのか、わからなかったのかな？）

　今度は尖らせた舌先で、ツボミの中心をチロチロとくすぐる。途端に、成熟した裸身がはじかれたように飛び退いた。

「え？」

　いったい何が起こったのか。啞然とする靖史の目に、涙を浮かべて憤慨する美菜子が映った。

「ば、バカっ！　どこを舐めてるのよ！」

　そこまで強く叱られるとは、露ほども思わなかった。

「す、すみません」

　靖史は反射的に起き上がり、頭を深く下げた。彼女にとって、肛門はタブーポイントのようだ。

「まったく……麻里江さんとしたときも、こんなヘンタイじみたことをしたの？」

靖史が堀井夫人とセックスをしたことを、美菜子も夫から聞かされていたのだ。ともあれ、変態という決めつけがカチンときて、つい反論してしまう。

「ええ。麻里江さんはすごく気持ちよがってくれて、おれにおしりの穴を舐められてイッたんですよ」

言ってから、まずかったかなと後悔する。秘核刺激に触れず話を盛ったせいで、麻里江が奇異の目で見られるかもしれない。

ところが、美菜子は素直に信じたようで、目を丸くした。

「え、そうなの？」

つぶやくように言い、熟れ腰をモジモジさせる。そこまで感じるのならと、興味が湧いてきたようだ。

おそらく秘肛を舐められたときに、悪くない感覚を得たのだろう。だからこそ、本当に絶頂までいけるかもと思ったのではないか。

「美菜子さんもやってみましょうよ」

誘ってみると、案の定、彼女は瞳を輝かせた。それでも、すぐに応じるのには抵抗があったらしい。

「で、でも、おしりの穴を舐められるなんて……」

いくら入浴のあとでも排泄口ゆえ、ためらいを禁じ得ない様子だ。

「じゃあ、指ならいいですよね？」

「え、指……中に挿れるの？」

「いいえ。ちょっとさわるだけです。嫌だったら、すぐにやめますから」

「本当に？」

「ええ。さ、どうぞ」

靖史は仰向けになり、上に乗るよう美菜子を促した。

「絶対に指、中に挿れないでよ」

念を押してから、彼女は再びシックスナインの体勢になった。期待ゆえか、ヒップを悩ましげに揺らしながら。

差し出された丸みの底で、アヌスが物欲しげに収縮している。早くさわってとねだるみたいに。

無言のリクエストに応え、靖史は人差し指の先を唾液で濡らすと、可憐なすぼまりにそっと触れた。

「ひっ――」

美菜子が息を吸い込み、下半身をピクンと震わせる。けれど、抵抗はしない。

さらにヌルヌルと優しいタッチで刺激すると、くすぐったそうに腰をくねらせながらも、息をはずませだした。

「あうう、へ、ヘンな感じぃ」

だが、快さもあるようで、声音が色めいている。恥芯の合わせ目に、早くも蜜汁が滲んでいた。

(やっぱり気持ちぃいんだな)

ヒクつく秘肛は唾液に濡れたせいもあり、ちょっと力を込めるだけで指を呑み込みそうな雰囲気があった。しかし、禁止されていたからそれはせず、包皮に隠れたクリトリスを舌で探った。

「くぅうううっ！」

歓喜の反応が顕著になる。さっきもそこを舐められてよがっていたが、悦びがいっそう深まった感じだ。

(おしりの穴と同時にされてるから、すごく感じてるんだな)

美菜子自身も、それを認識しているらしい。

「ああん、ど、どぉしてぇ」

ハッハッと息を荒らげ、身悶える。肛穴と秘核のダブル攻撃に、翻弄されているのが見て取れた。

お返しにフェラチオをしようとしたのか、彼女が屹立に両手でしがみつき、亀頭を申し訳程度に舐める。それ以上続ける余裕はなかったようで、すぐに口をはずしてしまった。

そして、三分と経たないうちに、頂上へと至ったのである。

「あひッ、いいい、い、イク、イクイクイクぅ」

ガクンガクンと裸身が波打ち、続いて凍りついたみたいに強ばる。人差し指の先しか触れていないのに、括約筋がキツく閉じたのがわかった。

「う――ううッ……ふは」

脱力し、靖史に体重をあずける。内腿や臀部がエクスタシーの名残で、細かく痙攣するのが見えた。

（イッたんだ、美菜子さん）

しかし、まだ終わりではない。本番はこれからなのだ。

5

ベッドに寝かされたあとも、美菜子はしばらく茫然自失の体で、胸元を大きく上下させるばかりであった。それだけ強烈なオルガスムスを味わったのだろう。

(おしりの穴をいじられたからなんだよな)

ぐったりした人妻を眺め、靖史は脈打つ分身をたしなめるように握った。快さが広がり、彼女をオカズにしてオナニーをしたくなったものの、ぐっと堪える。これから、もっと気持ちのいいことができるのだ。

(あ、そうだ)

なにも自分で握る必要はないことに思い至る。シーツに投げ出された美菜子の手を取ると、力の抜けた指を筒肉に巻きつけさせた。

すると、牝の本能がはたらいたらしい。指に力が込められたばかりか、ペニスをゆるゆるとしごいたのだ。

「うおぉ」

靖史はたまらず声を上げ、腰をわななかせた。それで我に返ったか、彼女が閉じていた瞼を開く。

「え？」

喘ぐ年下の男を見あげてから横を向き、自身が牡器官を愛撫していることにようやく気がついた。

「あん、すごい」

脈打つものを強く握り、ふうと息をつく。それから、濡れた目で見つめてきた。

「これ、挿れてちょうだい」

気怠げな口調で求め、手にしたものを引き寄せる。美菜子に導かれて、熟れた裸体に身を重ねた。

「ね、ここ」

彼女は強ばりを恥割れにこすりつけ、温かな蜜を亀頭にたっぷりとまぶした。そこまで御膳立てが整えば、あとはやるしかない。

しかし、挿入寸前で、重大なことを思い出す。

「あ、コンドームを──」

避妊具を装着することを、すっかり忘れていたのだ。ところが、離れようとする靖史を、美菜子は肉根をがっちりと摑んで制した。

「そんなものいらないわ」

きっぱりと言われ、大いに戸惑う。

「え？　で、でも」

「今日は安全日なの」

妊娠する心配がないから、中で射精してもかまわないのか。いや、さすがに最後の瞬間には、外に出すよう求められるかもしれない。

本人がいらないというのなら、ゴム製品はお役御免だ。靖史だって、そのほうが嬉しいに決まっている。コンドームをはめる前に、ちょっとだけナマで挿れさせてくれないかと、密かに望んでいたのだから。

「じゃあ、挿れます」

告げると、美菜子が嬉しそうに白い歯をこぼした。

「うん。ちょうだい」

これまでで最もチャーミングな笑顔に、靖史はドキッとした。

(こんなに可愛いひとだったんだ……)

欲望もふくれあがり、ペニスが狙いをはずしそうに脈打つ。

「あん、元気」

猛るモノを、彼女は自らの入口に迎えた。切っ先を浅くもぐり込ませたところで、巻きつけていた指をはずす。

「いいわよ」

声をかけられ、靖史はむんと鼻息をこぼした。

（ああ、いよいよ）

ふたり目の人妻と、からだを繋げることができるのだ。

靖史はゆっくりと進んだ。丸い頭部が狭い入口を圧し広げ、じわじわと入り込む感触を愉しみながら。

「ああん、早くぅ」

美菜子が焦れったげに頭を左右に振る。素直な求めが嬉しくて、一気に彼女の中へダイブした。

「はうううーン」

白い喉を反らして、女体が甘美なわななきを示す。しとどに濡れていた蜜窟は牡の漲りを抵抗なく招き入れ、根元まで入ったところでキュッとすぼまった。

「おおぅ」

靖史は喉から息の固まりを吐き出し、ペニスを起点にじんわりと浸透する悦びにひたった。

（おれ、美菜子さんとしたんだ——）

深く結ばれた感激にひたっていると、彼女が潤んだ眼差しを向けてくる。

「硬いオチンチンが、奥まで入ってるわ」

ストレートな報告に、分身がビクンとしゃくり上げる。

「あふん」

体内に響くものに、美菜子が鋭く反応する。舌を抽送されただけでも乱れたのだ。中はかなり敏感と見える。

「ね、ねえ、動いて……いっぱい突いてぇ」

せがまれるなり、靖史は猛然と腰を振った。

「あ、あ、あ、あ、あん、感じるぅ」

喘ぎ声をはずませる熟れ妻を、本能に任せて突きまくる。

（うう、たまらない）

彼女の内部は柔ヒダが粒立っており、それが亀頭の段差にぴちぴちと当たる。特に天井側が顕著で、あまりの気持ちよさに腰が砕けそうであった。

美菜子のほうも、夫以外の男との行為によがりまくる。

「ああ、いいの、いい……こんなの初めてぇ」

夫婦の営みよりも快い旨を口にする。もしも城山氏が聞いたら、どれほど悔しがることだろう。

靖史のほうは、男としての自信を植えつけられ、大いに満足であった。もっと歓ばせてあげようと、腰づかいのスピードを上げる。

「あんっ、あんッ、す、すごいぃ」

波打つ裸身を押さえ込んで、一心に腰を振り続けた。

ぬちゅ……クチュ、ずちゅ——。

濡れた結合部が、肉が擦れる卑猥な音をこぼす。それも快感を高めてくれるようで、靖史は陶酔の心地であった。

そのとき、いきなり頭をかき抱かれる。

（え？）

気がついたときには、美菜子に唇を奪われていた。

半開きで喘ぎをこぼす、人妻の蠱惑的な唇に、キスしたかったのは事実である。それをしなかったのは、さすがに許してくれまいと思ったからだ。セックス以上に、くちづけは愛情の証であるから。

なのに、向こうから求められるなんて。しかも彼女は舌を出し、強引に割り込ませてきたのである。

そこまでされれば遠慮はいらないだろう。靖史も激しく吸いたて、差し込まれた舌に自分のものを絡みつかせた。

「む──ンふ」

「ふは、あ、むぅう」

ふたりの喘ぎが交錯し、こぼれた唾液で口の周りがベタつく。そこから淫靡な匂いも漂った。

その間も、下半身は激しく絡み合っていたのである。

(気持ちよすぎる……)

上も下も深く交わり、悦びが二倍にも三倍にもなる心地がする。頭がボーッとして、自らの置かれた状況を見失いそうになった。

「ぷはっ」

美菜子がくちづけをほどき、息をハッハッとはずませる。

「だ、ダメ……イキそう」

トロンとした目は、早くも焦点をなくしているかに見える。靖史のほうも、気がつけば頂上が近づいていた。

「お、おれもです」

声を震わせて告げると、彼女は何度もうなずいた。

「いいわ。こ、このまま出して」

「え、中に?」

「うん……あああ、も、ダメぇえええええっ!」

昇りつめた熟れボディが、エンストした車みたいに暴れる。靖史はそれを強く抱き締め、火でも点きそうな勢いで剛直を抜き挿しした。

「うおおお、お、い、いく」

目のくらむ快美にまかれ、今夜二発目の精を勢いよく放つ。

びゅるンッ――。

膣奥にほとばしりを感じたのか、美菜子が「ああーン」と声をあげた。さらなる放出を促すように、膣内が奥へと蠕動する。

「むふぅ」

蕩ける愉悦にまみれた腰をぎくしゃくと振りながら、靖史は最後の一滴がトロリと溢れるまで、人妻とのセックスを貪欲に堪能した。

「ふはっ、はぁ――」

荒ぶる呼吸を持て余し、彼女にからだをあずける。じっとりと汗ばんだ肌が、妙に心地よかった。

(……すごくよかった)

悦楽のひとときを反芻していると、美菜子が裸身をモゾつかせる。

「あ、すみません」

重かったのかと、腕と膝でからだを支える。すると、彼女が訝しげに眉根を寄せた。

「……夏木さんもイッたの？」

「ええ、はい」

「じゃあ、どうしてオチンチンが大きなまんまなの？」

「え？」

言われて、甘美な締めつけを浴びる分身が、膣の中で少しも力を失っていないことに気がついた。

「美菜子さんの中がすごく気持ちよくて、小さくならないんですよ」

「あら」

本当かしらというふうに首をかしげた人妻が、悩ましい表情を見せる。

「じゃあ、このまま続けてしちゃう？」

「いいんですか？」

「もちろんよ」

はにかんだ笑みをこぼした彼女に、靖史の胸は大いにはずんだ。

第三章　若妻だってしたいの

1

靖史が城山氏と顔を合わせたのは、彼の妻と交わった二日後の朝であった。出勤途中の最寄り駅で、たまたま遭遇したのである。

「やあ、先日はどうも」

にこやかに声をかけられ、靖史は伏し目がちに「ど、どうも」と応えた。さすがに奥さんを抱いたあとでは、気まずさを拭い去れなかったのだ。

ところが、城山氏のほうは屈託がない。それどころか駅舎内を歩きながら、上機嫌で話した。

「おとといは、ずいぶん頑張ってくれたね」

「いえ、まあ……」

どうやら美菜子から聞いたらしい。何も通勤どきにそんな話題を出さなくてもいいのにと思っていると、

「しかし、抜かずの二発とは恐れ入ったよ。やっぱり若いんだね」

露骨なことを言われ、靖史は顔をしかめた。

(美菜子さん、そんなことまでバラしたのかよ)

まあ、夫婦生活に刺激を与えるためだったのだ。セックスをしたという事実だけではなく、行為の詳細を報告する必要があったのだろう。

そう思っていたのに、

「ただ、美菜子が夏木君にキスをしたのは、ちょっと妬けたけどね」

などと言われ、きょとんとなる。まるで現場を見ていたかのようであったからだ。

「それも奥さんから聞いたんですか？」

訊ねると、彼は首を横に振った。

「いいや。見てたんだよ」

「え？」

「おれ、あのとき、クローゼットの中にいたんだ」

「えええっ！」

駅のホームで素っ頓狂な声を上げてしまったため、周囲の視線を浴びてしまう。城山氏のほうは平然と、思わせぶりな笑みを浮かべていた。

（おれと美菜子さんとのアレを、最初から最後まで見てたっていうのか？）

当然ながら、美菜子も知っていたのだろう。

（あ、だから寝室に入ったあとで、急に恥ずかしがったのか）

夫の視線を気にして、羞恥に苛まれたらしい。

勤め人でいっぱいの電車がホームに入ってくる。靖史は城山氏と乗り込むと、一昨日の件を声をひそめて訊ねた。

「いつからクローゼットの中にいたんですか？」

「君たちが風呂に入っているときに家に帰って、上がってくる前に隠れたんだ」

「それじゃ、奥さんも知らなかったんですか？」

「いや、事前に打ち合わせしてあったからね。それに、寝室の姿見の位置をずらしておいたから、おれがクローゼットの中にいるって、美菜子もわかったはずさ」

「姿見？」

「クローゼットの隙間からだと、見える範囲が限られるからね。姿見にふたりが映るように、位置を調整しておいたんだ」

思い返せば、確かに姿見が不自然なところにあった気がする。どこに置けばベッドのあらましが観察できるのか、事前に検討しておいたのだろう。そこまで用意周到だったわけである。

「じゃあ、おれたちがするのを、ずっと見てたんですか？」

「もちろん」

「平気だったんですか？」

堀井氏にも妻を抱くよう頼まれたが、彼とて現場を見ることはなかったのだ。目の前で妻が他の男に抱かれ、しかも淫らによがっているところを目にしたら、とても冷静ではいられまい。

「まあ、平気ってことはなかったな。嫉妬したっていうか、それ以上に殺してやろうかっていうぐらいに腹も立ったし」

自分が仕組んだことであっても、夫ならばそう思うのは当然である。本当に殺されなくてよかったと、靖史は胸を撫で下ろした。

「すみませんでした……」

頭を下げると、城山氏がかぶりを振った。

「いや、夏木君が謝ることはないよ。実際、すごく昂奮もしたから」

「え？」

「君が帰ったあと、おれはすぐに美菜子を抱いたんだ。我慢できなくてさ。いやあ、あんなにギンギンになったのは、久しぶりだったよ。さすがに抜かずの二発は無理だったけど、ちょっと休んで二回もしたからね」

嬉しそうに報告され、戸惑いを隠せず「はあ」とうなずく。公認の不倫は意図した以上に、夫婦に多大な刺激をもたらしたようだ。

（ていうか、もともと城山さんは、寝取られの趣味があったんじゃないか？）

自覚していなかったにせよ、今回の件で目覚めた可能性は大いにある。

「それから、昨夜もしたんだ」

「え、そうなんですか？」

「二晩続けてっていうのも、三十代になってからはなかったんじゃないかな。これも夏木君のおかげだよ。ありがとう」

「ああ、いえ、こちらこそ」

奥さんを抱かせてもらった挙げ句、お礼まで言われるのは忍びない。

期待に添えたことには安堵したものの、本音を言えば、また美菜子と快楽に耽りたかった。ところが、城山氏はすっかり満足した様子であるし、二度目はなさそうな雰囲気である。

それに、仮にもう一度と依頼されたところで、最終的には旦那のところへ行ってしまうのだ。

（ようするに、ただの当て馬なんだよな……）

確かに気持ちよかったし、人妻の肉体を充分に堪能させてもらったけれど、一抹の虚しさは拭い去れない。妻の知美は実家に帰ったままで、自分は相変わらずひとりなのだと、寂しさも嚙み締める。

（この先、誰かに奥さんを抱いてくれって頼まれても、引き受けないことにしよう）

密かに決心する靖史であった。

2

週末の土曜日。

昼過ぎまで惰眠を貪ってから、靖史はいつものごとく、食べ物の買い出しにコンビニへ向かった。

(ああ、侘しいなあ……)

買ってきた焼き肉弁当をひとりで平らげたのち、ため息をつく。以前は休日となれば、何をしようかと気持ちが浮き立ったのに、今は退屈なだけだ。ひとりでは何をしてもどこに行っても、少しも楽しくない。

やはり知美と、ちゃんと話し合うべきなのだろうか。思ったものの、勝手に出て行かれた手前、こちらから連絡するのはシャクだ。

(まったく……さっさと電話してくればいいじゃないか)

妻への苛立ちを募らせていたとき、来訪者を知らせる呼び鈴が鳴った。

「はいはい、ただ今」

面倒だなと思いつつ、小声で返事をして立ちあがる。ダイニングキッチンにいたから、すぐにドアを開けた。

「え?」

外にいた人物が、驚いたように後ずさる。こんなすぐに出てくるとは思わなかったのか。

驚いたのは、靖史も一緒だった。

(え、どうして?)

　そこにいたのは、飲み仲間である飯塚氏の奥さんの、紗絵だったのである。

　仲間内では飯塚氏が三十一歳と、最も年が近い。奥さんの紗絵も二十六歳で、靖史たち夫婦の二歳下である。

　世代が近いため、ふた組の夫婦で互いの住まいを行き来し、食事をしたこともあった。そういう間柄ゆえ、麻里江や美菜子よりも親しいと言える。肉体関係を結んだことを別にすれば。

　だが、紗絵はひとりである。夫の姿は見えない。

（知美に用があるわけじゃないよな……）

　妻が実家に帰っていることは、彼女も知っているはずなのだ。

「ええと、何か？」

　訊ねると、紗絵は背すじをのばした。

「あの、夏木さんにお願いがあってお邪魔しました」

「え、おれに？」

「はい」

　いったい何なのかと首をかしげつつ、中へ入ってもらう。夫婦ぐるみの交流があったとは言え、ひとりで来た人妻を奥に招くのはまずいかと思い、食卓で話を聞くことにした。

「こっちへどうぞ」

弁当の空を急いで片付け、椅子を勧める。

「すみません」

紗絵は頭を下げて腰掛けた。

「それで、話って？」

「あ、ええと……」

わざわざ訪問までしたのに、彼女はモジモジして用件を切り出さない。何か頼みづらいことなのだろうか。

(お金を貸してほしいのかな)

それなら言いづらいのも納得できる。もっとも、飯塚氏は一流企業の営業マンであり、成績も抜群らしい。余程のことがない限り、お金には困らないだろう。

だいたい、本当に借金の申し込みであるのなら、夫のほうが来るはずだ。

「ええと、旦那さんは？」

何か会話をすれば話しやすくなるかと話題を変えたところ、紗絵が肩をビクッと震わせた。

「今日と明日は、得意先とのゴルフコンペがあるとかで、泊まりがけで出かけているんです」

「ふうん。営業部のエースともなると大変なんだね」

「ええ、まあ……」

受け答えの歯切れが悪いから、夫のことで悩みがあるのだろうか。

（ひょっとして、浮気を疑ってるんだとか）

今日のゴルフコンペも嘘かもしれないと、思い悩んで相談に来たのだとか。

もっとも、飯塚氏は堅物とまでは言えずとも、基本的に真面目な男である。同性から見て、浮気をするタイプではなかった。

真面目と言えば、紗絵もそうである。礼儀正しいし、出しゃばることを好まない。

飯塚家で飲み会をしたときも、手料理をたくさん用意してくれた。まだ若いのに、実によくできた奥さんなのだ。

「あの――」

ようやく決心がついたか、紗絵が口を開く。緊張が伝わってきて、靖史は居住まいを正した。

「ウチのひとが、城山さんから聞いたそうなんですけど」

「え、何を？」

「夏木さん、城山さんの奥さんと、その——したんですよね？」

言葉を濁したものの、頬が真っ赤に染まっていたから、何のことを言っているのかは明らかだ。

「い、いや、それは」

靖史はうろたえ、視線をさまよわせた。すると、若妻がじっと見つめてくる。まるで、誤魔化しても無駄ですよと諭すみたいに。

(口が軽いよ、城山さん……)

胸の内で文句を言う。同じように妻を抱かせた堀井氏に報告するのならいざ知らず、関係のない飯塚氏にまでバラすなんて。

もしかしたら、あの焼き鳥屋で三人がたまたま一緒になったのか。そのため、そっちの話題になったのかもしれない。

だったら、どうして紗絵が訪ねてきたのだろう。その理由を考えて、靖史は落ち着かなくなった。

「わたし、本当にそうなのか信じられなくて、城山さんの奥さん——美菜子さんに訊いたんです」

「……それで？」

「本当だって教えてくれました」

夫婦揃って口が軽いとは。まさにお似合いだなんて言ってる場合ではない。

「あと、わたしも勧められたんです」

「え？」

「美菜子さんが言ってました。夫婦関係を良好に保つには、ときに刺激が大切だって。実際、美菜子さんは夏木さんとしたおかげで、旦那さんと前よりもラブラブになれたそうです」

ラブラブというよりパコパコではないかと思ったが、黙っていた。

「美菜子さんはわたしにも、旦那さんとの夜の生活を充実させたいのなら、他の男とするべきだって言ったんです。もしも身近に適当な相手がいないのなら、夏木さんに頼めばいいとも」

「いや、あの」

「だからわたし、こうしてお願いに伺ったんです」

やはり彼女は、セックスの相手をしてほしくてやって来たのだ。

（いや、本気なのか？）

靖史がとても信じられなかったのは、紗絵がまだ若かったからだ。夫も三十一歳だし、夫婦生活に刺激が必要だとは思えない。

(昔からの付き合いで、互いに飽きがきたってわけでもなさそうだけど)

そう言えば、飯塚夫妻の馴れ初めは聞いたことがなかった。

仮に高校時代からの付き合いであれば、十年近くになるのか。しかし、ふたりは五歳違いである。高校の先輩後輩というのはあり得ない。同様に、大学で知り合ったわけでもなさそうだ。

今の年齢や年の差から考えても、セックスがマンネリになっているとは考えにくい。まして、紗絵は小柄で童顔の上に、ショートカットの愛らしい容貌だ。実年齢よりも、四つ五つは余裕で若く見える。

(高校の制服とかも似合いそうだよな)

仮に夜の営みに刺激を取り入れるのなら、自分だったら間違いなく、彼女にセーラー服を着せるだろう。ブルマやスクール水着もいいかもしれない。

などと、余所の奥さんを目の前にして、コスチュームプレイの妄想を抱きかけたところで、

「わたしを抱いていただけませんか?」

ストレートなお願いを口にされ、靖史は焦りまくった。

「え、セーラー服を着て？」

「は？」

「あああ、いや、何でもないっ！」

妄想していたことを口走り、慌てて打ち消す。だが、訝る面差しを向けてきた紗絵が、何かに気がついたふうに視線を泳がせた。頰も赤らんで見えたから、察するものがあったのか。

（まさか旦那さんと、セーラー服プレイをしてるのか？）

そうだとしたら尚さら、他の男とセックスまでして、刺激を求める必要などないであろう。

「それじゃあ、紗絵さんがおれとすることは、旦那さんも承知なんだよね？」

この質問に、彼女は気まずげに唇を歪めた。

「……いいえ、知りません」

「え、知らないって？」

「教えるつもりもありません。秘密なんです」

いったいどういうことなのか。靖史は混乱した。

堀井家も城山家も、妻を抱くように求めたのは夫のほうだった。そして、堀井氏は結果的に、城山氏のほうは目論み通りにリビドーを高め、妻を相手にハッスルするようになったのだ。

(旦那さんに秘密なら、おれに抱かれる意味がないじゃないか)

セックスは男女の合意で為されるものである。それは夫婦間も変わらない。

夫婦の営みが不成立となるのは、その気になれないという心情的な理由を除けば、夫に原因があることのほうが多いと思われる。主に、男性器の充実度不足で。だからこそ、城山氏はエレクトするための刺激を求めたのだ。

ところが、どうやら紗絵は、自分自身のために刺激を必要としているのである。いったいどういうことなのか。

(ひょっとして、旦那相手じゃ濡れないっていうのか?)

だが、仮に夫とするときに愛液が足りないとしても、他の男に抱かれたらしとどになるものでもあるまいに。

(そりゃ、男だったら、新しい相手のほうがギンギンになると思うけど)

自分の妻よりも余所の奥さんのほうが、新鮮だし昂奮するというのは、麻里江や美菜子とのセックスで大いに納得させられた。では、女性もそうだというのか。

夫とだと濡れないから他の男を試すのかとは、さすがに訊けなかった。紗絵が真剣そのものの、いっそ思い詰めた表情だったからだ。

「お願いです。わたし、夏木さんだけが頼りなんです」

潤んだ眼差しで訴えられ、靖史は断りづらかった。夫婦ぐるみで親しくしてきたのだし、できれば力になりたい。

というより、紗絵を抱きたい気持ちが高まっていたのである。こんな可愛らしい人妻といやらしいことのできる、絶好のチャンスなのだ。

（本人がしたいって言ってるんだし……）

人妻をふたりも抱いたことで、頭が劣情モードに陥りやすくなっていたようだ。股間の分身も、そうしろとけしかけるみたいに膨張する。

「わかった。協力するよ」

靖史がうなずいたのは、熱意にほだされたというよりも、欲望に負けた部分が大きかったろう。そのため、

「よかった……ありがとうございます！」

涙ぐんだ彼女に礼を言われ、ちょっぴり罪悪感を覚えた。

3

夫が不在のうちにということで、さっそくその晩、靖史は隣の棟にある飯塚家を訪れた。

時刻は二十時を回っている。夕食もシャワーも済ませてきた。おそらく紗絵もそのはずだ。

ピンポーン――。

呼び鈴を鳴らすと、間を置くことなくドアが開く。

「え？」

靖史は驚愕で固まった。

ドアを開けてくれたのは、当然ながら紗絵である。ところが、彼女は紺のブレザーにチェックのスカート、襟元には臙脂色のリボンという女子高生スタイルだったのだ。ご丁寧に髪留めまで使い、耳を片側だけ出しているのも可愛い。

「……あの、ヘンですか？」

彼女が不安げに訊ねる。靖史が何も言わずに立ち尽くしていたからだろう。

「あ――ああ、いや、そんなことない。すごく似合ってる」

焦り気味に答えると、若妻がはにかむ。もじもじして、短めのスカート丈を気にするしぐさにも、胸が締めつけられた。

（ああ、くそ、可愛い）

このまま外に出れば、誰もが本物の女子高生だと思うだろう。もう夜だから、補導されるかもしれない。

「えと、どうしてそんな格好を？」

訊ねると、紗絵が怪訝そうに首をかしげた。

「夏木さんは、こういうのがお好きなのかと思って」

「おれが？」

「はい。昼間、セーラー服がどうとかっておっしゃったので」

彼女とコスプレセックスをするのならセーラー服を着せたいと考え、つい口走ってしまったのだ。

「い、いや、あれは」

「これ、わたしの高校時代の制服なんですけど、前に夫も、わたしがこれを着たら喜んでくれたのを思いだしたんです」

なんと、すでに夫の前で、女子高生の格好をしていたのだ。

「それじゃあ、その格好で、その……」

さすがに夫婦の営みをしたのかとは訊けなかった。けれど、紗絵は察したらしく、うろたえる素振りを示す。

「や、やだ。そんなことしません！」

ということは、単に昔の制服を着てみせただけなのか。それはもったいないなと考えたのが、顔に出たらしい。

「でも、夏木さんがしたいっていうのなら、わたしは……」

恥じらって告げられ、靖史の胸は痛いほどに高鳴った。

(ていうか、セックスするためにおれを呼んだんだから、もともとそのつもりだったんだよな)

この格好は、少しでもその気になってもらえたらと、彼女なりに一所懸命考えた結果であろう。若妻の健気さにうたれ、本気で惚れてしまいそうだ。

「あ、お入りください」

思い出したように招かれ、中にお邪魔する。そのまま奥まで通された。

「こちらです」

ベランダに面した洋間は、夫婦の寝室だった。

堀井家も城山家もダブルベッドだったが、飯塚家はシングルよりは大きめのベッドがふたつ並んでいた。眠るのは別々で、夜の営みのときはどちらかのベッドでするのではないか。

夫婦だからひとつベッドで寝なければならないなんて決まりはない。それぞれに事情や考えがあるだろう。ただ、ベッドが別のせいで夫婦生活がうまくいっていないのならば、考え直すべきであるが。

「別々に寝てるんですね」

何気なく訊ねると、紗絵が「ええ」とうなずいた。

「ウチのひと、けっこう神経質で、隣に誰かいるとよく眠れないんです。それに、わたしもあまり寝相がよくないので」

「なるほど」

そういう事情なら、ダブルベッドはやめたほうが無難だ。ただひとつ、靖史には引っかかるところがあった。

(旦那さんが神経質なら、そのせいでセックスがうまくいかないのかも)

細かなことが気になって行為に集中できず、中折れする男性が一定数存在するという記事を、週刊誌で読んだことがある。飯塚氏がそのタイプで、夫婦生活でも元気がなくなることがあり、それを紗絵が気にしているのだとか。

(飯塚さん、たしかに真面目なひとだったけど……)

仕事ができるし、飲み会の途中で啄木の名前を説明するなど、知識も豊富だ。ただ、そこまで神経質だとは感じられなかった。

そもそも、彼の性格や性質のせいで営みがうまくいかないのなら、紗絵が他の男に抱かれる必然性がない。神経質であれば尚さら、妻を寝取られて昂奮するなんてあり得ないからだ。

おまけに、今夜のことは夫にも秘密であるというのだから。

ますます訳がわからなくなったものの、今さらやめようとも言い出せなかった。制服姿の若妻に昂ぶり、是が非でも抱きたい気分になっていたのである。

紗絵が手前側のベッドの掛け布団を剝がす。ふわっと甘い香りがたち昇ったから、いつも彼女が眠っているほうなのだろう。

「どうぞ、こちらに」

先に紗絵がシーツの上に腰掛け、隣をポンポンと叩く。靖史はためらいつつも、そこに尻を下ろした。

　すると、彼女がすっと身を寄せてくる。

（ああ……）

　官能的な気分が高まり、靖史はうっとりした。乳くさいようなかぐわしさが、鼻奥にまで流れ込んだのだ。

　不意に記憶が蘇る。高校時代、クラスメートの女子の近くで同じ匂いを嗅ぎ、無性にドキドキしたときのことが。

　そうすると、紗絵は十代の頃から体臭が変化していないのか。見た目の若々しさと同様に。

「すごくいい匂いがするね」

　うっとりして告げると、ブレザーの肩がピクッと震える。

「……え、そうですか？」

「うん。いつもこんなにいい匂いなの？」

「コロンですよ、これ」

「コロン？」

「高校生の頃に使っていたんです。体育のあととか、汗くさいのを隠すために」

　だから高校生の頃の記憶が蘇ったのかと納得する。クラスメートだった少女も、同じものを使っていたらしい。

「それを今も持っていたの？」

「制服といっしょにしまっておいたんです。せっかくこれを着るんだから、ちょっと使ってみました」

「うん。いい感じだよ」

「その気になりましたか？」

やけに色っぽい上目づかいに、ドキッとさせられる。見た目は女子高生でも。中身は二十六歳の人妻なのだと思い知らされた。

「うん……すごく」

「じゃあ、好きにしてください」

掠(かす)れ声のお願いに、コクッとナマ唾を呑む。理由は定かでないものの、彼女が求めているのだ。ここは望み通りにと、靖史は細い肩を抱いた。

スカートは短めで、膝小僧と太腿の一部が覗いている。ほんのわずかなチラリズムにもかかわらず、やけに煽情的だ。

靖史は手をのばし、膝にかぶせた。

「あ……」

紗絵が小さな声をこぼし、身をかすかに震わせる。甘えるように、靖史の鎖骨(さこつ)のあたりにおでこをこすりつけた。

(ああ、可愛い)

情愛が高まり、頭を撫でたくなる。その代わりに、膝に置いた手を動かした。

若妻の肌はすべすべで、大袈裟でなくシルクのよう。手を太腿側に移動させると、なめらかさとしっとり感が強まった。

「あうう」

切なげに腰をくねらせる紗絵が、いたいけなエロティシズムを振り撒く。おかげで、もっといやらしいことをしたくなった。

太腿を愛撫しながら、スカートをそろそろとずらす。膝も大きく離させることで、程なく下着が見えた。女子高生スタイルに相応しい、純白のパンティだ。

本当に未成年の少女とイケナイことをしている気分になり、動悸がいっそう激しさを増す。ブリーフの中で、ペニスも痛いほど膨張していた。

靖史が過呼吸を起こしそうに鼻息を荒ぶらせたとき、

カタン——。

自分たちとは関係ないところから物音が聞こえて、ギョッとする。

（え、今のは？）

太腿を撫でられて息をはずませる紗絵は、気がつかなかったらしい。だが、決して空耳ではなく、はっきりと聞いたのである。

それほど大きな音ではなかったから、単なる家鳴りなのか。気にする必要はないのかもしれない。

しかしながら、制服姿の若妻を愛撫するという背徳な状況なのだ。不可解なことがあると落ち着かない。できればすっきりしてからコトを進めたかった。

手のひらに吸いつくような艶腿をスリスリしながら、靖史は室内を見回した。さっきの音はどこからと探して、すぐに見当がつく。クローゼットの中だ。

（あ、もしかしたら――）

美菜子と交わったとき、実は夫がクローゼットの中に隠れていたことを思い出す。そうすると今回も、飯塚氏がこっそり覗いているのではないか。

いや、間違いない。きっとそうだ。

（おかしいと思ったんだよな。飯塚さんの知らないところで紗絵さんとしたって、意味がないんだもの）

妻を寝取られるところを覗いていたと、飯塚氏は城山氏本人から聞いたはずだ。だったら自分もと、交渉をすべて奥さんにやらせて、関わっていないふうを装ったのではないか。

そういうことかと、靖史は納得した。高校の制服姿で抱かれるというのも、おそらく飯塚氏のアイディアなのだ。

最高のシチュエーションで若妻を抱かせてもらえるのは有り難いが、二度も騙されるのは男としてのプライドが許さない。同じ手に引っかかったなんて、仲間で飲むときの肴（さかな）にされるのもご免だった。

靖史は一気に冷めて理性を取り戻し、紗絵を置いて立ちあがった。クローゼットの前に進み、折戸をいきなり開ける。

「えっ⁉」

声を発するなり、動けなくなった。

推察どおり、クローゼットの中に隠れている者がいた。しかし、飯塚氏ではない。

「やれやれ、見つかっちゃったか」

残念そうに言って苦笑いを浮かべたのは、三十代と思しき女性だったのだ。黒のパンツスーツで、眼鏡に引っ詰め髪という、いかにもキャリアレディ風の。

（あれ、このひとは？）

話したことはないが、見覚えがあった。

「ごめんね、紗絵ちゃん。わたしが音をたてたせいでバレちゃった」

隠れていた女性がクローゼットから出て、悪びれることなく言う。べつに見つかってもかまわないと思っていた様子だ。

紗絵のほうも、どこかホッとしたふうにため息をついた。

(どういうことなんだ?)

訳がわからず混乱していると、

「初めまして。桃瀬麗子よ」

名前を告げられ、靖史は「あ、どうも」と頭を下げた。と、ズボンの前がみっともなく盛りあがっているのに気づき、慌てて両手で隠す。

「ふふ」

悟ったような笑みを浮かべられ、居たたまれなくなる。それでも、彼女が何者なのかをようやく思い出した。

あれは、夫婦で飯塚家を訪れ、若妻の手料理をご馳走になったときのことだ。四人でご近所に関することを話したとき、紗絵は隣に住む女性から親しくしてもらっていると教えてくれた。

そのお隣さんが麗子である。

年は三十五歳と、紗絵よりも十歳近く年上だという。それゆえ妹みたいに可愛がってくれるし、ひとりっ子である紗絵のほうも、本当の姉のように慕っているとのことだった。

営業部のエースである飯塚氏は、土日にも接待で留守にすることがけっこうあるそうだ。寂しい思いをしていた若妻が、自然とお隣の「お姉さん」を頼るようになっても不思議ではない。

麗子のほうも独り暮らしゆえ、話し相手がほしかったらしい。そして、彼女は会社では仕事をバリバリこなしていたが、ずっと独身だったわけではないという。

実は、夫を三年前に事故で亡くしたというのだ。

そんな話を聞いた数日後、靖史はたまたま会社帰りに、飯塚氏が奥さんではない女性と言葉を交わしているところを目撃した。ずいぶん親しげだったので誰なのか気になり、彼がひとりになったのを見計らって訊ねると、前に話したお隣さんだと教えられた。

そのため見覚えがあったのだ。

彼女はいかにも仕事ができそうなパンツスーツに、生真面目そのものの髪型、歩く後ろ姿も颯爽としていた。遠目だったが、きりっとした美貌も印象的だった。

なるほど、あのひとがくだんのキャリアレディかと、靖史は即座に納得した。同時に、未亡人であることも思い出して、旦那さんのいない寂しさを仕事で紛らしているのかなとも考えた。

その麗子が、飯塚家の寝室のクローゼットに隠れていたのである。しかも、いつか目撃した勤め帰りと同じ身なりで。

「あの……こんなところで何をしてるんですか？」

怖ず怖ずと訊ねると、彼女は後れ毛を耳にかき上げながら、

「紗絵ちゃんがちゃんとできるか、見守っていたのよ」

どこか挑発的に答える。靖史が気圧されるものを感じたのは、向かい合った麗子がほとんど変わらぬ身長だったのと、物怖じせず堂々としていたからだ。

「み、見守るって？」

「紗絵ちゃんはおとなしい子だし、途中で臆しちゃうかもしれないでしょ。それに、うまくできそうになかったら、アドバイスしてあげようと思ってたの」

ということは、隠れていると気づかなかったら、行為の最中に現れた可能性があったのか。これでは姉というより、ほとんど保護者みたいではないか。

「スーツを着てるってことは、仕事帰りなんですか？」

「まさか。今日はお休みじゃない。紗絵ちゃんが制服を着たから、それに合わせたのよ。ほら、女教師っぽく見えない？」

得意げに胸を張った麗子に、靖史は「ええ、まあ」とうなずいた。保護者ではなく、先生の立場で指導するつもりだったのか。いかにも美人教師という風貌は、威厳すら感じられた。

(ひょっとして、紗絵さんに女子高生の格好をさせたのは、麗子さんなんじゃないか？)

そこまで考えて、今の状況がますます不可解に思えてきた。

「それじゃあ、どうしておれはここに呼ばれたんですか？」

訊ねると、パンツスーツのキャリアレディが、目を丸くする。

「え、紗絵ちゃんに聞いてないの？」

「話は聞きましたけど、どうも要領を得なくて」

麗子があきれた眼差しを向けると、紗絵はしゅんとなって首を縮めた。

「まあ、本人から説明するのは恥ずかしかったのかもね。まして紗絵ちゃんじゃ」

やれやれというふうに肩をすくめ、麗子が手招きする。

「こっちに来て」

靖史は再び、ベッドに坐らされた。紗絵を挟んで、反対側に麗子も腰をおろす。

「紗絵ちゃんは女子大を出たあと、お見合いして旦那さんと結婚したの。そのときまで男のひとと付き合った経験がなかったから、真っ新(まっさら)の処女でバージンロードを歩いたってわけ」

今どきお見合い結婚とは珍しい。どうやら紗絵は箱入り娘だったようだ。まあ、今の彼女を見ても、いかにもそんな感じではある。

「この団地に入居したのって、二年半ぐらい前だったかしら。わたしは旦那を亡くしたあとで、気持ちがずっと沈んでいたから、紗絵ちゃんがお隣になってずいぶん救われたのよ。素直で可愛いし、わたしのことも慕ってくれたから、本当に妹ができたみたいだったわ」

「わたしも、麗子さんにいろいろと教えていただいて、すごく助かりました。ウチのひとが仕事でいないときも相手をしてくださったり、おかげで、それほど寂しさを感じなくて済んだんです」

紗絵が感謝の気持ちを述べると、麗子が嬉しそうに彼女の頭を撫でた。

「夏木さんのご夫婦とも、いっしょにご飯を食べたりしたんでしょ？　紗絵ちゃんは周りのひとたちのおかげで、お嫁さんとしてやってこられたのよね」

靖史たち夫婦が団地に入居したのは、飯塚家の半年あとである。焼き鳥屋で意気投合し、夫婦ぐるみの付き合いが始まったのは、さらにその数ヶ月後だ。

箱入り娘の紗絵が、初めての土地で不安に陥らずに済んだのは、おそらく麗子がいたからであろう。今も年上女性の隣で、若妻は安心しきっている様子である。

「ただ、紗絵ちゃんには悩みがあるの」

「え、何ですか？」

「ずばり、セックスよ」

ストレートな答えに、靖史はどぎまぎした。紗絵も頬を染めて俯く。

「バージンで結婚したから、初夜は大変だったみたい。旦那さんは経験があったそうだけど、ものすごく痛くてなかなか入らなかったんだって。どうにか貫通はできたけど、そのあともするたびに痛みがぶり返して、ずっと我慢してたのよ」

どうやら処女膜がかなり強靭（きょうじん）だったらしい。何回セックスしても痛みを感じる女性がいるというのも、靖史はネットの記事で目にしたことがあった。

「今はもう平気になったっていうんだけど、ずっと痛かったせいで、今でもベッドインのときには緊張するんだって。それに、これが一番の問題なんだけど、セックスしても全然感じないっていうのよ。おそらく怯えが先に立つから、そういう気持ちになりにくいんでしょうね」

「なるほど」

靖史が相槌を打つと、紗絵がクスンと鼻を鳴らす。彼女もそういう状況に胸を痛めている様子だ。

しかも、それは自分を第一に考えてではなかったのである。

「紗絵ちゃんが心苦しいのは、今のままでは旦那さんが可哀想だからなの」

「え、どうしてですか？」

「だって、いくら頑張って愛しても、奥さんがマグロ状態で反応がなかったら、夏木さんだって面白くないでしょ」

「まあ、それは……」

靖史が曖昧な返事しかできなかったのは、夫婦の営みのとき、妻の知美はそれほど声を出さなかったからである。向こうから求めることもないし、ピストン運動で達したこともない。

ただ、麻里江や美菜子と交わったときは違った。女性があられもなく乱れてくれると、こちらも俄然燃えてやる気になるのだ。

（確かに奥さんが感じてくれれば、旦那はハッスルするよな）

紗絵は自身の至らなさが申し訳ないようだ。誰のせいでもないのだけれど。

「ていうか、飯塚さんが紗絵さんに不満を述べたんですか？」

「まさか。あのひとは優しいし、紗絵ちゃんのことを第一に考えてるもの。初夜のあとだってずっといたわってくれたそうだし、今でもセックスのとき、紗絵ちゃんがちょっとでもつらそうにしたら、すぐにやめるそうよ」

一緒に飲むときの飯塚氏を思い返し、なるほどなとうなずく。真面目でひと当たりがいいのは、家庭でも変わらないらしい。

だが、そういう理想的な夫なら尚さら、裏切るべきではないだろう。

「じゃあ、どうしておれとこんなことを？」

「セックスで感じるようになるためには、いつも同じ相手とだけしていたらダメなの。新しい相手と刺激的なひとときを過ごすことで、肉体が歓びに目覚めるのよ」

断言して、麗子が思わせぶりにほほ笑む。

「実際、城山さんの奥さんも、夏木さんとセックスしてから、すごく感度がよくなったっていうじゃない」

おそらく紗絵から聞かされたのだろう。靖史は思わず赤面したものの、

(てことは、美菜子さんのことを知って、今回のこれを計画したのか)

そういうことかと納得する。紗絵が自分で不貞を企むはずがないから、麗子が首謀者なのだ。若妻は、姉のように慕う隣人の提案に従ったのだろう。

もっとも、紗絵はいやいやしているふうではない。夫に喜んでもらうために性感を高めたいと、思い詰めていたからこそなのだ。

「紗絵さんがこんな格好をしているのは、麗子さんの入れ知恵なんですか？」

訊ねると、未亡人はあからさまに顔をしかめた。

「入れ知恵なんてひと聞きが悪いわね。ふたりが少しでもその気になれるようにって提案したまでよ」

そのわりに、自らも女教師っぽい姿になるなど、ノリノリみたいだが。

「それに、夏木さんはセーラー服が好きだって聞いたから」

「いや、好きってわけじゃ……ただ、紗絵さんなら似合うかもと思って、つい口がすべったんですよ」

「そうなの？　まあ、でも、紗絵ちゃんの制服姿が抜群に可愛いのは、わたしも知ってたからね。セックスのことを学ぶ生徒として、相応しい格好だと思わない？」

相応しいかどうかはともかく、そそられるのは確かである。

「そういうわけだから、協力してちょうだい。いいわね？」

年上の女性から鋭い眼差しで同意を求められ、靖史は「わかりました」とうなずいた。彼女は本当に先生みたいで、逆らえる雰囲気ではなかった。

もちろん、紗絵と気持ちいいことがしたいというのが、最も大きな理由だ。

4

「わたしたちに任せればいいからね」

麗子に言われ、紗絵が神妙な面持ちでうなずく。ベッドに横たわり、行儀よく気をつけの姿勢で。

「それじゃ、夏木さんは下をお願いね」

「え？」

「わたしはおっぱいを担当するから」

つまり、下半身を愛撫しろというのか。

(麗子さん、完全に参加するつもりじゃないか)

出てきたときは、見守るとかアドバイスをするとか言っていたのである。もしかしたら一緒にいやらしいことがしたくなって、見つかるようにわざと音をたてた可能性がある。

未亡人が、若妻のブレザーに手をかける。ボタンをはずして前を開き、臙脂のリボンもほどいた。

構図としては、いたいけな少女に悪戯をする女教師という感じか。では、自分は何かと考えて、靖史はひどく場違いな気がした。セックスをするのだから脱ぎやすいようにと、ごく普通のジャージ姿だったからだ。

(学生服があればな……)

そうすれば、校内淫行プレイが愉しめたのに。もっとも、靖史は年齢相応の顔立ちだから、学生服など着ても似合わない。

やっぱりこのままでいいなという結論に達し、さっきの続きで紗絵のスカートをめくり上げる。白いパンティがあらわになり、胸が高鳴った。

(高校生のときも、こんな下着を穿いていたのかな)

箱入り娘のようだから、きっとそうに違いない。前に小さなリボンがついただけのそれは愛用品なのか、かなり穿き慣れたふうであった。さすがに高校時代から着用しているわけではあるまいが。

すぐにでも脱がして女芯を拝みたかったが、靖史は我慢した。麗子の説明では、紗絵は怯えと緊張感が拭い去れないため、セックスで感じないそうだから。

よって、徐々に気分を高め、快感に身を任せられるよう導いてあげねばならない。若さの中にも色気が芽生えつつある太腿を、左右に分ける。紗絵は抵抗することなく膝を離した。

しかし、上半身はさらに進行していた。ブラウスの前が大きくはだけられていたばかりか、ブラジャーのカップもずり上げられ、ふっくらした乳房があらわである。頂上の突起は、綺麗なピンク色だ。それが左右とも麗子に摘まれ、クリクリと転がされていた。

「ん……ンふ」

切なげな吐息が、可憐な唇からこぼれる。愛撫では相応に感じるのか、若妻の表情に歓喜の色が浮かんでいた。

だったらこちらもと、指をクロッチの中心に差しのべる。薄ら黄ばんでいるかに見えるそこを、そっと撫でた。

「あ――」

紗絵が声を洩らし、腰回りがピクンと震える。強くしすぎたかなと、靖史は指を引っ込めた。

するると、彼女が物足りなさそうにヒップをくねらせる。大丈夫だったらしい。

（ていうか、もうその気になってるみたいだぞ）

同性の麗子がいるおかげで、安心しているのかもしれない。

だったら自分なんかが手を貸さなくても、飯塚夫妻の営みに麗子が参加すればいいのではないか。思ったものの、そうすると紗絵がセックスで感じないことを、飯塚氏に説明しなければならない。

彼は自分のせいだと責任を感じるであろうし、それは紗絵も望んではいまい。また、飯塚氏の真面目な性格からして、お隣の未亡人との３Ｐは受け入れないだろう。

結局のところ、夫の居ぬ間に解決するしかないのだ。靖史はクロッチの愛撫を再開させ、内部のミゾに沿って指を動かした。

「はああ」

紗絵がひときわ大きな声を上げ、腰を小さくはずませる。麗子が顔を伏せ、ふくらんだ乳頭を含んだ瞬間だったから、そのせいなのか。

もっとも、若腰の揺れ具合も顕著になっていたから、下半身も快さを味わっているのが窺える。指先も温かな湿りを捉えていた。

「う……あ、はぁ」

艶っぽい喘ぎが聞こえてくる。乳首を吸いねぶる麗子の陰になって、表情は窺えないものの、紗絵はかなり感じている様子だ。

(もういいかな)

靖史はパンティに手をかけた。嫌がられたらやめるつもりであったが、若腰がすぐさま浮きあがる。早く脱がせてとせがむみたいに。

だったらかまうまいと、純白の薄物を引き剝がす。女らしい美脚をするすると下ったそれを裏返せば、クロッチの内側には透明な蜜が付着していた。

(やっぱり濡れてたんだ)

湿った裏地を嗅いでみれば、なまめかしい甘酸っぱさが感じられる。おそらく事前に入浴し、からだを清めたのであろうが、秘部は昂ぶった証の牝臭をくゆらせているようだ。

しかし、何も下着で確認しなくとも、ご本尊を拝めばいいのである。そのことに気がつき、靖史はさっそく身を屈めると、女体の神秘に顔を近づけた。

(……けっこう生えてるんだな)

黒々とした縮れ毛が、デルタゾーンに逆三角形をこしらえ、逆立っている。陰部の谷にも、恥割れが見えないほど密集していた。

女子高生スタイルが似合う童顔の若妻が、こんなにも剛毛だったとは。だが、そのギャップが妙にエロチックで、牡の股間に欲望のエネルギーを充塡させる。

靖史は鼻息を荒くしながら濃い叢をかき分け、秘められた佇まいを探索した。

恥毛は濃くても、性器のかたちは清楚そのものだ。色素の沈着もほとんどなく、薄らと赤みを帯びたスリットから、小さな花びらがちょっぴりはみ出すのみ。おそらく剃毛すれば、少女そのものの割れ目になるのではないか。

秘肉の合わせ目は、肉眼でも湿っているとわかる。見た目は幼くても、肉体はしっかり大人になっているようだ。

(これならけっこう簡単に、感じるようになるんじゃないかな)

小鼻をふくらませ、漂うものを吸い込めば、パンティに染み込んでいたものより酸味の強い乳酪臭が悩ましい。乳首ねぶりは続いており、物欲しげに収縮する淫裂が、透明な蜜を滲ませた。

(舐めたい――――)

心の欲するところに従い、靖史は若妻の恥芯に口をつけた。

「ひッ」

息を吸い込むような声が聞こえ、ヒップがシーツから浮きあがる。舌先でスリットをチロチロと舐めくすぐると、その部分がせわしなくすぼまった。

「くうう、う、はああ」

悦びをあらわにする喘ぎ声。セックスには怯えが先に立っても、愛撫ではちゃんと快さを得られるようだ。

とは言え、オナニーはしていなさそうである。そこまで積極的であれば、夫婦の営みでもマグロにはならないだろう。

「あら、オマンコを舐めてもらってるの？　いいわね」

ストレートすぎる発言にドキッとする。麗子の声だ。

「紗絵ちゃん、気持ちいい？」

問いかけに、若妻は「うう」と呻き、

「気持ちいいっていうか……く、くすぐったいです」

と、声を震わせた。クンニリングスにあまり慣れていないようだ。それでも、ただくすぐったいばかりではあるまい。

敏感な花の芽が隠れているところを、靖史は舌で丹念に探った。小さなフードを剝き上げると、クリクリしたものがある。

「あひっ」

紗絵が鋭い悲鳴を放ち、腰から太腿にかけてをわななかせた。今度ははっきりした悦びを味わったのではないか。

「だ、ダメ……」

絞り出された言葉とは裏腹に、肉体は歓喜の反応を示す。塗り込められた唾液が呼び水になったか、粘っこいジュースがトロトロと溢れ出した。

もっと感じさせたいと、舌をいっそう深く差し入れる。

「むうう、ふ——むふぅ」

喘ぎ声がくぐもったものになり、（あれ？）と思う。秘苑舐めを続けたまま、靖史は上目づかいで確認するなり驚愕した。

（え、何やって——）

なんと、麗子が紗絵の唇を奪っていたのだ。そればかりか、舌も絡めている様子である。

おっぱいを吸うぐらいはただの戯れ（たわむ）であり、女同士でもありかなと思う。しかし、キスは明らかにそっちの趣味を示すのではないか。

（麗子さんってレズだったのか？）

いや、かつては夫がいたのである。完全なる同性愛というわけではあるまい。紗絵も嫌がる素振りを見せないから、それだけふたりが親密で、心を許しあっているということなのだろう。

そうだとしても、女同士のくちづけはやけに淫靡で、あやしい情動が胸にこみ上げる。

(ああ、くそ。いいなあ)

加わって、三人で唇を交わしたい衝動に駆られる。残念ながらふたりのあいだに入り込めそうもなく、代わりにもうひとつの唇を念入りにねぶった。

「ん、ん、んんッ」

紗絵の下腹が、波打ち具合を大きくする。同性とのくちづけにも気分を高められ、いっそう感じやすくなっているようだ。

麗子はキスをしながら、乳首も指で転がしている。ふたりがかりの三箇所責めに、若妻がいよいよ高まってきたのが、手に取るようにわかった。

(このまま続けていれば、イクかもしれないぞ)

だが、オナニーをしていないのなら、オルガスムスの経験はないだろう。昇りつめるのは簡単じゃないかもしれない。

そんなことを考えつつ、小さなクリトリスを吸い転がしていると、

「むふンッ！」

いきなり紗絵が腰を大きくはずませる。あとは脚を投げ出すようにして、ぐったりと脱力した。

（え、なんだ？）

靖史が驚いて口をはずすと、麗子も顔をあげる。ハァハァと息をはずませる疑似女子高生を見おろし、

「どうしたの、紗絵ちゃん？」

すべてお見通しという面差しで訊ねた。

「……わかんないです。からだがフワッて浮きあがった感じがして、あとは何が何だか」

「それ、イッたのよ」

「え？」

「初めてだから、わからないのは当然だわ」

笑顔で告げられ、紗絵は戸惑いを浮かべた。それでも、年上女性に優しく教えられ、不安を抱かずに済んだようだ。

「どうする？　今ならセックスしても、怖がらずに受け入れられると思うけど」

「んー」

考え込むように口をへの字にした若妻が、チラッとこちらを見る。

（いよいよか）

靖史は俄然やる気になったものの、彼女はまだ勇気が出ないようだ。

「あの……お手本を見せてもらえませんか？」

年上の女に縋る眼差しを向けた。

「え、お手本って？」

「麗子さんが夏木さんとして、感じるところを見せてもらえれば、わたしもできると思うんです」

「ええっ⁉」

眉をひそめた麗子であったが、仕方ないかというふうにため息をつく。

「たしかに百聞は一見に如かずだし、そのほうがいいかもね」

勿体ぶったことを口にしたのは、単なる照れ隠しだったのか。靖史のほうに顔を向け、《いいわね？》というふうに目配せをした。

（いや、最初からそのつもりだったんじゃないの？）

参加する意図が見え見えだったから、驚きはない。未亡人ゆえ、ずっと男が欲しかったんじゃないかと、本人が聞いたら怒りそうなことも考えていたのだ。

とは言え、やすやすと合体するのはためらわれる。まして、紗絵の目の前でなんて。

「脱ぎなさい」

いきなり命じられ、靖史は目が点になった。

「え、え？」

「夏木さん――ううん、夏木君、服を全部脱いで裸になるのよ」

女教師に見えるようスーツを着た美熟女が、強い口調で脱衣を促す。靖史は学生時代に戻って、怖い先生に叱られている心持ちがした。

「は、はい」

気がつけば素直に従い、ジャージも下着も急いで取っ払っていた。

「あら、もう勃ってたのね」

股間に反り返る肉根を認め、麗子が目を細める。紅潮した亀頭は、鈴割れを粘っこい汁で濡らしていた。

「あん、すごい」

身を起こした紗絵も、両手で口を押さえて目を見開く。人妻ゆえ夫のものを見慣れているから、顔を背けることはない。むしろ興味津々の眼差しだ。

「それじゃあ紗絵ちゃんのために、セックスのお手本を見せてあげるわ」

麗子がボトムに手をかける。気が急いていたのか、中の下着ごと躊躇なく剝きおろした。

（うわ、色っぽい）

あらわになった下半身は色白で、むっちりした太腿や腰回りが、熟れた色香を放つ。上は何も脱がず、眼鏡も引っ詰め髪もそのままだから、着衣とのコントラストがいっそう卑猥だ。

しかも、彼女はシーツに尻をつくと、両脚をM字のかたちに開いたのである。あらわになった秘苑に、靖史は思わずナマ唾を呑んだ。

麗子の恥毛は、一度剃ったものがようやく生えてきたというふうに、一本一本が短い。陰部がぷっくりと盛りあがっているから、キウイのような見た目か。それも、ナイフを入れて一部をカットした趣の。

ほころんだ裂け目に覗く果肉はグリーンではなく、鮮やかなピンク色だ。花びらはほとんど目立たず、三十五歳とは思えない清楚な眺めである。性器の見た目は、年齢とは関係ないようだ。

「ほら、わたしのオマンコも舐めなさい」

ストレートすぎる命令に、靖史は我に返った。

「え？」

視線を上げると、麗子が厳しい目つきでこちらを睨んでいる。

「オチンチンを挿れる前に、オマンコをしっかり濡らすのがセックスの基本でしょ。今まで何を勉強してきたの？」

完全に女教師になりきった口調。きりっとした面差しも迫力があって、靖史は「す、すみません」と謝った。

「ほら、舐めなさい」

彼女がさらに下肢を割り開く。手を後ろについて、上半身を反らした。

靖史は這いつくばるようにして、魅惑の苑に顔を近づけた。女教師と生徒のプレイに昂奮し、ペニスを痛いほど勃たせながら。

蒸れたチーズ臭が漂う。もしかしたら、当初はこんなことをするつもりなどなくて、シャワーを浴びずにこの部屋に来たのか。素のままと思しき生々しさがあった。

それゆえ、いっそう昂奮させられる。

（ああ、これが先生のオマンコの匂い）

気分を高め、胸の内で生徒になりきった言葉をつぶやく。実際にこんな美人教師がいて、高校生のときに同じことを命じられたら、あられもない匂いを嗅いだだけで爆発したであろう。

淫靡なフレグランスに誘われるように、靖史はキウイならぬマンゴーに口をつけた。

「あふぅ」

甘美なため息をこぼし、未亡人が艶腰を震わせる。すぼまった恥裂が、甘露な蜜をぢゅわりとこぼした。ずっとこうされたくて、待ちきれなかったふうに。

(先生も舐められたかったんじゃないか)

声に出さずになじりながら、わずかな塩気もあるミゾの中を舐める。

「あ、あっ、それいいッ。夏木君、じょうずよぉ」

演技なのか、それとも本当に感じているのか、声だけではわからない。ただ、愛液が湧出量を増していたから、肉体も発情モードに入っていたようだ。

(だったらここも——)

包皮に軽く指をかけただけで、クリトリスがすぐに飛び出す。小豆(あずき)ほどもありそうに大きい。いつも自分でまさぐり、熟れたボディを慰めていたのではないか。

事実、靖史がそっと舌を這わせただけで、下半身全体がわなないた。

「あああ、そ、そこぉ」

嬌声が寝室に響き渡る。やはりお気に入りのポイントなのだ。

ついばむように吸いたて、硬くなった秘核を舌先ではじく。麗子は「あうあう」と声を上げ、歓喜に身をよじった。

(なんていやらしいんだ！)

ここまで快楽に溺れやすいのに、よくぞ教師のフリなどできたもの。ならば、もっと乱れさせようと、舌の律動速度を上げようとしたとき、

「も、もういいわ」

彼女がクンニの中止を求め、口と女芯のあいだに手を入れた。はしたないところを見せまいと、理性を振り絞ったのか。

「いっぱい濡れたみたいだから、オチンチンを挿れなさい」

相変わらずの上から目線で挿入を求める。まあ、実際に年上だから、腹など立たない。勃つのはペニスのみである。

「わかりました」

靖史は素直に従い、身を起こした。

麗子に身を重ねる前に、そう言えば紗絵はと見回せば、彼女はいつの間にか隣のべ

ッドにちょこんと腰掛けていた。期待に輝く目をこちらに向けて。

見られながらすることに、背徳感がふくれあがる。しかも見物しているのは、少なくとも見た目は制服の女子高生なのだ。女教師とのイケナイ行為を見せつける気分にどっぷりとひたり、イチモツの漲り具合も尋常ではない。

「あうう」

猛る肉槍をしなやかな指で捉えられ、靖史は早くも目のくらむ悦びを与えられた。

「すごいわ。オチンチン、鉄みたいに硬いじゃない」

麗子が驚きを浮かべ、手にしたものを怖々としごく。

「ああ、せ、先生」

完全にプレイの中に入り込んでいたものだから、思わずそう呼んでしまう。すると、美熟女が嬉しそうに白い歯をこぼした。

「先生の手が気持ちいいの？　だったら、オマンコでもっと気持ちよくなりなさい」

などと言いながら、ふくらみきった亀頭を恥芯にこすりつけ、焦らすように温かな蜜をまぶす。靖史は早く挿れたくて、頭がおかしくなりそうだった。

「先生、も、もう」

声を震わせて切なさを訴えると、筒肉の指がほどかれた。

「いいわよ。来て」

言われるなり、靖史は鼻息を荒くして腰を送った。

ぬぬぬぬ――。

穂先が狭い入口を突破し、ヌメる洞窟に入り込む。

「ああ、ああ」

溢れる声を抑えきれぬまま、熟れた女体とひとつになった。

「ああん、入っちゃった」

どこか他人事みたいに麗子が言う。それでいて迎え入れた剛直を、媚肉でキュッキュッと締めつけてくれた。

(うう、気持ちいい)

目の奥に火花が散り、靖史は奥歯を嚙み締めた。早くも爆発しそうだったのだ。

「え、オチンチン、入ったんですか?」

怖ず怖ずと訊ねたのは紗絵だ。見ると、怯えた面差しで目を潤ませている。

「そうよ。硬いオチンチンが、オマンコにずっぷりとね」

卑猥な言い回しで状況を報告した麗子が、両脚を掲げて靖史の腰に絡みつける。

「ほら、見てご覧なさい」

「え？」

「下から覗き込めば、ちゃんと入ってるのがわかるはずよ」

結合部を観察させるために、ヒップが上向きになるポーズを取ったのか。すると、紗絵が本当にベッドから降りて、こちらへ来た。

「ほら、夏木君もよく見えるようにしてあげて」

「は、はい」

靖史も脚を開き、真上から杭打つ位置に腰を動かした。間もなく、

「ああん。ホントに入っちゃってるぅ」

股間のほうから泣きそうな声が聞こえ、腰の裏がゾクッとする。

（ああ、見られてる……）

蜜穴に埋没した肉根ばかりか、陰嚢や尻の穴までも、若妻の眼前に晒しているのだ。

「夏木君、動いて」

麗子の命令に、靖史は即座に従った。頭がボーッとして、自らの判断で行動することができなくなっていたようだ。

腰を上下にはずませ、ほぼ真上から牝穴を穿（うが）つ。

「はっ、あふっ、ふうう」

未亡人が喘ぎ、牡腰に絡みつけた脚に力を込めた。

「あ、あっ、すごい」

男女がまぐわうところをまともに目撃して、紗絵は声をあげずにいられなかったらしい。おかげで、靖史は身をよじりたくなる恥ずかしさと、同時に誇らしさも覚えた。なぜだか、もっと見てほしいという切望もこみ上げる。

ぬちゅ……クチュ――。

交わる性器がたてる粘つきは、靖史の耳にも届いた。当然、若妻にはもっとはっきり聞こえているのだ。膣が掻き回され、愛液が泡立つところも見ているに違いない。

「あん、あ――ど、どう、紗絵ちゃん。これがセックスなのよ」

何も知らない処女にレクチャーするように、麗子が声をかける。紗絵は何も答えなかったが、熱い視線を感じて会陰のあたりがムズムズした。

おかげで、堪え性がなくなる。

「ううう、せ、先生、もう」

限界が迫っていることを、呻き声と表情で伝える。

「え、もう?」

麗子が驚きを浮かべ、靖史は情けなくなった。だが、本当に我慢できそうになかったのである。

「すみせん。先生の中が、すごく気持ちよくって」

年上を立てると、彼女が優しい微笑を浮かべる。

「いいわよ。このまま出しなさい」

「え、いいんですか？」

「だけど、紗絵ちゃんともしなくちゃいけないのよ。イッたあとも、オチンチンをまた大きくできる？」

「もちろんです！」

「じゃあ、オマンコの中でイッて」

麗子は紗絵にも声をかけた。

「紗絵ちゃん、夏木君、これから射精するわよ」

「は、はい」

「さあ、いっぱい出しなさい」

促され、靖史は強ばりをせわしなく出し挿れさせた。十往復もせずに、歓喜の震えが全身に行き渡る。

「ああ、あ、いく……出ます」

牡のエキスがペニスの中心を駆け抜ける。蕩(とろ)ける快美とともに、びゅくびゅくと。

「くはッ、ハッ、あふ」

息を荒ぶらせ、絶頂の波に漂う。魂まで抜かれそうな放精に、からだのあちこちが感電したみたいに痙攣した。

「ああーん」

ほとばしりを膣奥で受け止めた麗子が、悩ましげな声をあげる。それから、紗絵に訊ねた。

「紗絵ちゃん、夏木君がイッたの、わかった?」

「あの……タマタマが、キュッて縮みました」

そんなところまで観察されたのか。オルガスムスの余韻にひたりつつも、靖史の頬はやけに熱かった。

5

ぐったりしてベッドに横たわった靖史であったが、休む間は与えられなかった。

「ほら、また大きくするのよ」

ザーメンと愛液のヌメリを拭ってから、軟らかくなった秘茎を未亡人が含む。唾液を溜めた中でピチャピチャと泳がされ、くすぐったい快感が生じた。

「むうう、う、ああっ」

靖史は頭を左右に振り、募る悦びに喘いだ。だが、かなりの量が出たようで、簡単に復活しそうではない。

それはしゃぶっている麗子にもわかったようだ。

「紗絵ちゃん、ちょっと手伝って」

「え、何ですか？」

「スカートを脱いで、夏木君の顔の上に坐ってちょうだい」

「ええっ⁉」

意図が摑めなかったようで、紗絵が驚愕する。

「オチンチンを大きくするのに、夏木君を昂奮させなきゃいけないの。ちゃんと勃起しないと、紗絵ちゃんとセックスできないのよ」

言われて、そういうことかとわかったらしい。

「わ、わかりました」

うなずいて下半身まる出しとなり、尻を向けて靖史の頭を跨いだ若妻であったが、すぐに顔面騎乗をすることはなかった。顔から二十センチほど浮かせたところで、双丘をモジモジさせる。クンニリングスをされたあとでも、顔に坐るのはためらわれたようだ。

(ああ、早く)

靖史のほうは若妻尻を見あげ、すぐにでも密着したいと熱望する。秘毛に隠れて恥芯は見えないが、酸味を増した女くささを嗅いで、劣情がぐんぐんと高まった。

「うう、恥ずかしい……」

呻くようにつぶやいた紗絵であったが、覚悟を決めたか臀部の筋肉を強ばらせる。続いて、丸みを勢いよく落下させた。

「むぐッ」

柔らかな重みをまともに受け止め、息ができなくなる。焦って酸素を取り込もうとすれば、濃密さを増した恥臭が鼻奥にまでなだれ込んだ。

(ああ、すごい)

縮れ毛に隠された秘苑は、じっとりと濡れていた。麗子との交わりを間近で見て、かなり昂ぶっていたようだ。

そのため、こんなにも発情のパフュームをこもらせていたのだ。

彼女の昂奮が乗り移ったかのように、靖史も全身が熱くなる。血流が肉体の一点に集中する感じがあった。

「んんっ」

呻いた麗子がペニスを吐き出す。ふうと息をつき、

「すごい……もうタッちゃった」

唾液に濡れたものをヌルヌルとしごいた。

「あ、ホントだ」

紗絵も驚きの声を洩らし、ヒップをキュッとすぼめた。

「紗絵ちゃんのおしりが効果的だったみたいね。それとも、オマンコのいやらしい匂いのおかげかしら」

「や、ヤダ」

「それじゃ、さっそくしちゃいましょ」

女教師役の未亡人が促し、女子高生に扮した若妻が腰を浮かせる。正常位でするものと靖史は思っていたのだが、

「夏木君は寝てていいわよ」

麗子に言われて（え？）となる。

「紗絵ちゃん、上になって、自分で挿れてみて」

「え、自分で？」

「そのほうが、好きにできるから安心でしょ」

どうやら騎乗位でするつもりらしい。

「だけど、わたし、上になってしたことなんてないんですけど」

「何事も経験よ。いろいろと試せば感じるようになれるし、セックスへの怯えもなくなるわ」

その言葉に納得したのか、紗絵は指示どおりに靖史の腰を跨いだ。但し対面にはならず、背中を向けたまま下半身に移動した。顔を合わせるのが照れくさかったのかもしれない。

「もうちょっとおしりを突き出して」

麗子は脇にいて屹立を握り、うまく結合できるよう誘導する。これでは自分ですることにならない気がしたが、とにかく挿入できればいい。

「うう、ちょっと怖い」

いくらリードされていても、正常位よりは能動的な交わりである。自身がヒップを下ろさない限り、目的を果たすことができないのだから。

「自分のペースで挿れればいいからね」

麗子は急かすことなく励ました。

腰を浮かせたまま、紗絵はしばらく迷っていた。それでも、セックスで感じるようになるためという目的を思い出したか、そろそろと丸みを下降させる。

肉槍の先端が濡れた秘窟に触れる。動きが止まり、気分を落ち着かせるような深い息づかいが聞こえたあと、切っ先に重みがかけられた。

「やあん」

嘆いた若妻は、いったんストップしようとしたらしい。ところが、中腰のため膝に力が入らなかったようで、そのまま坐り込んでしまう。

ぬるん――。

たっぷり濡れた蜜穴に、牡の剛直がすべり込んだ。

「はッ――」

紗絵が息を吐き出し、背すじをピンとのばす。下腹に乗った臀部が、筋肉の浅いへこみをこしらえた。

(ああ、入った)

心地よい締めつけの中で、靖史は分身を脈打たせた。

「あん、いっぱい……」

泣きそうな声のつぶやきが聞こえる。夫を裏切った後悔が滲んでいるようでありながら、甘い響きも感じられた。

「ちゃんと入ったのね。痛くない？」

麗子の問いかけに、紗絵は「だ、だいじょうぶです」と答えた。

「じゃあ、ちょっとずつ動いてみて。自分が気持ちいいと感じられるやり方を探しながらね」

「わかりました……」

不安げな返事をしながらも、彼女は呼吸を整えてから、腰を小刻みに振り出した。いかにも覚束ない動きで。

「あ――んぅ」

背中を向けているため、表情は窺えない。おそらく眉間にシワを刻んで、募る違和感と闘っているのではないか。

「いいわよ。そんな感じ」

未亡人の応援を受け、動きが少しずつ大きくなってくる。

紗絵は最初、ヒップを前後に揺らしていた。そこに左右の動きが加わり、ついには上半身をはずませだす。

「あ、あ、あ……」

腰の動きと喘ぎ声が同調する。いよいよ興に乗ってきた様子だ。

「どんな感じ？」

麗子の問いかけに、すぐには答えない。考えるような素振りを示したあと、

「なんとなく……ムズムズします」

息を乱しながら告げた。

「どこがムズムズするの？」

「アソコの中──奥の方が」

快感の端緒を捕らえているのであろうか。尻のくねり具合も、どこかなまめかしい。

そして、膣内がいっそうの熱を帯び、愛液も多量に溢れ出ているようなのだ。

(上になっているから、気持ちよくなりやすいのかも)

受け身でただ突かれるのと違い、これなら自らの感覚を調節できるであろう。オナニーのほうが快感をコントロールしやすいのと一緒か。

「あん、あん」

洩れる声にも悦びの色が濃くなる。

靖史も快さに漂っていた。一度射精したあとで、まだ余裕があったから、膣内の感触もしっかりと味わうことができる。

(ああ、いい感じ)

奥に狭くなったところがあり、そこが感じやすいくびれ部分をくちくちと刺激するのだ。立っていたら、腰砕けになったことであろう。

「気持ちよさそうね、夏木君」

うっとりした表情に気づいたか、未亡人が口許をほころばせる。

「はい、とても」

「紗絵ちゃんはどう? 気持ちいい?」

「よくわからないですけど……わたし、エッチが好きになりそうです」

小ぶりのおしりをリズミカルに上下させながら、優等生の答えを返す若妻。この調子なら、夫の求めにも積極的に応じて、性の歓びに目覚める日も遠くあるまい。

年下の女が目覚めつつある姿を満足げに眺めた麗子が、結合部をおしりのほうから覗き込む。それから靖史を振り返り、情欲に濡れた眼差しを見せた。

「紗絵ちゃんが終わったら、次はわたしよ」

さっき中で射精されたものの、彼女自身はまだ達していないのだ。今度は絶頂まで抽送を求められるのではないか。

（麗子さんがイクところを見たら、また紗絵さんがしたがるかも）

終わる気配のない饗宴に、靖史はどこまで付き合えるだろうかと、甘い予感にひたるのだった。

第四章　奥さん、濡れてますよ

1

（あれ、涼花さん？）

靖史は思わず足を止めた。土曜日の午後、たまには自炊しようかと、スーパーで買い物をしてきた帰りのことだ。まあ、自炊とはいっても、もやしと豚コマしか入っていない焼きそばぐらいのものだが。

ともあれ、靖史が目撃したのは、団地の敷地内にある児童公園で、ひとりブランコに腰掛ける小野寺涼花であった。

団地が建ったときに作られたその公園は、かつては遊具も多くあったらしい。けれど、ほとんどは古くなって危険だというので撤去され、残っているのは後年に設置されたブランコと鉄棒のみである。あとはベンチがあるぐらいで、今は子供たちの遊び場兼、高齢者の憩い（いこ）の場の役割を担っていた。

よって、その場所で人妻がブランコをこいでいるというのは、かなり場違いであったろう。しかも、団地内でも人気の高い、理想を絵に描いたような奥様が。

ブランコの脇には、ネギのはみ出したマイバッグが置かれている。買い物帰りに公園に立ち寄り、童心に返って遊具を楽しんでいると見えないこともない。

ただ、それにしては背中が丸まり、どこか寂しそうに映る。普段は姿勢のよいひとだから、余計に妙だなという印象を受けたのだ。

遠目だったし、靖史の位置からは横顔しか見えず、表情ははっきりとわからなかった。気になって、声をかけようかと思ったものの、ずいぶんとためらってからその場を離れた。近寄り難い雰囲気があったのだ。

加えて、自分なんかが心配しても、彼女には迷惑なだけだろうという思いもあった。何しろ、高嶺（たかね）の花と言っていい存在なのだから。

（……涼花さんだって、落ち込むときぐらいあるさ。べつにおれなんかが声をかけなくても、相手をする男はたくさんいるだろうし）

そう自らに言い聞かせたものの、部屋に戻ってからもブランコをこぐ人妻が何度も蘇り、ずっと気になっていた。そのため、今度涼花を見かけたら、ちゃんと挨拶をしようと心に決めたのである。

その機会は、案外すぐにやって来た。

翌日、外で朝食兼昼食を済ませて帰ってきたとき、やけにかさばる荷物を両手に持った女性を、団地の手前で見かけた。

(あ、涼花さんだ)

顔が見えなくても、すぐにわかった。会うたびに彼女を目で追い、後ろ姿をずっと見送っていたからだ。

昨日、決心したあとだったため、今日は迷いなく行動できた。靖史は急いで駆け寄り、「小野寺さん」と呼びかけた。

「え?」

振り返った彼女は、額に薄らと汗をかいていた。春の暖かな陽射しが注いでいたのに加え、大荷物で苦労していたのが窺える。

「おれ、持ちますよ」

「え、でも」

「どうせ手ぶらなんですから」

笑顔で告げると、涼花はわずかに迷いを見せたものの、

「すみません。お言葉に甘えて、お願いします」

と、大きくて厚手のレジ袋を渡してくれた。ゴツゴツして、やけにかさばっているものの、重さはそれほどでもない。

「何を買われたんですか？」

「ホームセンターで、書類ケースや小物入れを。家の中の細々したものを整理しようと思ったんです」

ひとつひとつの商品は軽くて、大きさがあまりなくても、何点も買ったから袋いっぱいになったようだ。

「持ち帰るのは大変だったでしょう」

「そうですね。軽いから大したことはないと思ったんですけど、考えが甘かったようです」

恥じらった笑みをこぼした人妻は、抱き締めたくなるほど愛らしい。年上に違いないのに、甘えたいではなく甘えさせてあげたいという心持ちになった。

（可愛いひとなんだな……）

手の届かない存在という意識が強かったから、美貌と気立てのよさに敬服するばか

りだった。甘えさせたいなんて思ったのは初めてである。

(待てよ。家の中のものを整理するって――)

ふと浮かんだ想像に、胸の鼓動が速まる。もしかしたら身辺整理をするために、これらのケース類を買い求めたのではないか。すなわち引っ越しか、あるいは離婚の準備のために。

そんなことを考えたのは、昨日、公園で寂しそうにしていた彼女を思い出したからである。

出張で不在の多い夫に、いくら良き妻であっても、涼花が不満を募らせるのは不思議ではない。そのため一大決心をし、新たな生活へ踏み出そうとしているのだとか。

(いや、涼花さんに限ってそんな……)

不穏なもの思いに苛まれ、会話を続けることができなくなる。涼花の自宅に着くまでのあいだ、靖史はずっと無言であった。

「どうもありがとうございました。この部屋なんです」

奥まった棟の三階にある小野寺家に着くと、涼花が礼を述べる。ドアを開けて先に入り、靖史が持っていた荷物を受け取った。

「それじゃあ、おれはこれで」

　靖史は一礼し、立ち去ろうとした。すると、即座に呼び止められる。

「あ、待ってください」

「え、何ですか？」

「よろしかったら、コーヒーでも飲んでいかれませんか？　お礼というほどのことはできませんけど」

　是非にという眼差しを向けられては、断りづらい。

　理想の奥様の住まいを拝見できるチャンスなんて、そうそうあるものではない。また、ろくに話ができなかったぶん、涼花ともう少し一緒にいたかったのも事実である。

　もちろん、邪な期待など少しもしていなかった。

「では、お邪魔します」

　せっかくだから、靖史は上がらせてもらうことにした。

　通されたのは、奥の洋間であった。ベランダに面した部屋は、堀井家と城山家、それから飯塚家では夫婦の寝室として使われていたが、小野寺家はリビングにしている。これは靖史のところと一緒だ。

（てことは、寝室は和室かな？）

　ただ、リビングにはウォークインクローゼットがない。隣の部屋も洋間で、そちらにベッドを置いているのだろうか。

この団地は改装したために、住居によって部屋の構成が異なるところがあった。しかも小野寺家は角部屋だから、窓の向きも違う。

「こちらにお坐りになってください」

掃き出し窓の向かいの壁に、三人掛けの大きなソファがある。そこを勧められて、靖史は恐縮しつつ腰掛けた。

「ちょっとお待ちになってくださいね」

涼花がリビングを出る。キッチンでコーヒーの準備をするのだろう。

靖史はソファの上で所在なく尻をモゾつかせながら、落ち着いたレイアウトの室内を眺めた。

ソファもローテーブルもシンプルなデザインで、オフホワイトの壁紙とマッチしている。小さくても高価そうなサイドボードに、テレビ台も良品のようだ。

(さすが涼花さんだな)

きっと彼女がコーディネイトしたのだと決めつけ、感心する。もちろん、夫の稼ぎがあってこそ可能なのであろう。

そして、特に荷造りや、ものを片付けた気配がないことに安堵した。離婚か引っ越しかと想像したのは、早合点だったようだ。

だとすると、昨日公園で見かけたとき、どこか寂しそうに感じたのも、取り越し苦労だったのかもしれない。

カーテンが開け放たれた窓から、青く澄み切った空が見える。ここは三階で、靖史の住む四階よりも低いのに、眺めはずっとよかった。

（ウチの窓からは、隣の棟しか見えないんだよな……）

ここの棟は敷地の奥にあって、窓の外に邪魔するものがない。団地自体も高台にあるから、眺望がいいのだ。

春の空の眩しさに、気分が穏やかになってきたところで、

「お待たせしました」

涼花が銀のトレイに、お洒落な花柄のカップを載せて戻ってきた。コーヒーのいい香りがリビングに漂う。

時間がそれほどかからなかったし、豆から挽いたわけではあるまい。とは言えインスタントではなく、ドリップバッグではないだろうか。トレイには砂糖とミルクの他、クッキーを並べたお皿もあった。

「どうぞ」

隣に坐った人妻が、ソーサーに載ったカップを目の前のテーブルに置く。靖史がうろたえつつ「ど、どうも」と頭を下げたのは、ただ恐縮したためではなかった。

今日の涼花は、いつか挨拶されたときのおでかけスタイルと似た感じだ。白いブラウスにふわっとしたスカート、それから柔らかそうなカーディガン。清楚さと気品を併せ持った装いに、声をかけたときからときめいていた。

そんな彼女が、あいだを空けることなく真横に腰掛けたのである。おかげで、コーヒーにも負けない甘い匂いを嗅いで、落ち着かなくなったのだ。

高校の制服をまとった紗絵の隣でも、少女っぽい乳くささにドキドキさせられた。今はそのときよりも、ずっと官能的だ。肌など少しもあらわになっていないのに、大人の色香に幻惑されそうだった。

(香水でもコロンでもなさそうだぞ)

人工的なフレグランスなら、ここまで心を乱されまい。人妻に未亡人と、魅力的な女性たち四人と関係を持ったあとだから断言できる。

だからと言って、涼花にも手を出すなど論外である。そもそも彼女が、いやらしい行為を望むはずがない。

(まあ、本当に離婚するつもりなら、よろめいてくれるかもしれないけど)

しかしながら、その推測は否定されたばかりである。素敵な眺めの部屋で、理想の奥様とコーヒーを飲めるだけでも、幸運だと思うべきだ。

「お砂糖とミルクは？」

「ああ、いえ。いつもブラックなので」

本当はどちらも多めに使うほうなのに、通ぶって格好をつける。その程度のことで、涼花が感心するわけがないのに。

「こんなものしかありませんけど、クッキーをどうぞ」

「はい、いただきます」

コーヒーは香り高く、苦みはあまり感じない。上品な甘さのクッキーを一緒に食べると、飲み慣れないブラックでも美味しかった。

涼花も砂糖を使わず、コーヒーにはミルクだけを注いだ。カップに口をつけ、ひと心地ついたふうに息をこぼす。

「今日はありがとうございました。夏木さんが手伝ってくださらなかったら持て余して、袋を破いていたかもしれません」

実際、彼女が買ったものは角張っていたから、レジ袋が破れそうだったのだ。

「いえ、お手伝いができたのなら何よりです」

「本当に助かりました。やっぱり、女ひとりだとダメですね」

自虐的な言葉にドキッとする。窓の外に向けられた目が、やけに寂しげだった。

「旦那さん、まだ出張から帰られないんですか?」

気になって訊ねると、美貌の人妻がうなずく。手にしたカップをテーブルのソーサーに戻した。

「ええ……本当は昨日、帰ってくる予定だったんです」

「え、昨日?」

「向こうでの仕事は、まだ終わってないんですけど、休みが取れそうだから一泊でも帰ることにしたって。でも、直前で急用が入って、結局ダメになったんです」

彼女が公園で寂しそうにしていた理由が、これでわかった。

(そうか、だから——)

ブランコの脇にあったマイバッグ。きっと旦那さんのためにご馳走を作ろうと、食材を買い求めたのだ。そのあとで帰れないという連絡があったものだから落胆し、遊具に揺られて自身を慰めていたのだろう。

涼花の夫が、どこでどんな仕事をしているのか、靖史は知らない。だが、そう簡単には帰れない遠い地で、休みもなかなか取れない日々を過ごしているのは間違いなさそうだ。それだけ責任のある立場だとも考えられる。

だからこそ、彼女は孤独に耐え、夫の帰りを待っているのではないか。

(頑張っているんだな、涼花さん)

誰にでも明るく挨拶をし、優しい笑顔を見せられるのは、寂しさやつらさを知っているからこそなのだ。それだけに、是非とも言っておきたいことがある。

「あの……無理をしないでください」

「え？」

「おれ、昨日見たんです。小野寺さんが、公園でブランコに乗っていたところを」

涼花が目を伏せ、下唇を嚙む。やはりあれは、夫から帰れないと連絡があって、悲しみに暮れていた姿だったのだ。

靖史はコーヒーカップをテーブルに置くと、彼女に向き直った。

「つらいことや寂しいことがあったら、遠慮しないで誰かを頼っていいと思うんです。おれでよかったら、いつでも力になりますから」

「……ありがとうございます」

掠れ声で礼を述べた人妻が、クスンと鼻をすする。感激したのか、それとも優しい言葉に気持ちが緩んだのか、細い肩がかすかに震えた。

もっとも、靖史のほうは、力になるなんて大見得を切ったことが、今さら恥ずかしくなった。

「まあ、おれみたいな若僧がこんなことを言っても、頼りにならないでしょうけど」

謙遜すると、涼花が「いいえ」と首を横に振った。

「そんなことないです……とても励まされました」

そう言ってから、何かに気がついたように顔をあげる。

「夏木さんって、おいくつなんですか？」

「えと、二十八ですけど」

「じゃあ、わたしのほうが、三つお姉さんなんですね」

意外そうな面持ちでうなずいたから、同い年ぐらいだと思っていたのか。

（てことは、涼花さんは三十一歳か）

肌が綺麗で面差しも若々しいが、女らしく落ち着きがある。もう少し年上でも、あるいは年下であっても納得できたであろう。

「でも、頼りないなんてことはないですよ。夏木さんが味方になってくださるのなら、わたし、とっても心強いです」

涼花が嬉しそうに白い歯をこぼす。それから、縋るように見つめてきた。

「あの、さっそく力になっていただいてもいいですか？」

「ええ、もちろん」

「ありがとう……」

彼女は俯くと、そのままこちらに身を寄せてきた。

（え？）

額を胸にくっつけられ、心臓がバクンと音をたてる。ほとんど反射的に腕を背中に回したのは、そうしてほしいに違いないと察したからだ。

「うぅ」

小さな嗚咽が聞こえる。背中を撫でてあげると、涼花もしがみついてきた。

（やっぱり無理してたんだな）

縋る相手がいたことで、積もり積もっていたものが溢れ出したのだろう。

三つ年上でも、悲しみに暮れる姿はいたいけな少女のよう。愛しさのままに強く抱き締め、慰めてあげたくなる。

しかし、涼花には帰りを待ちわびる夫がいるのだ。すでに三人の人妻と関係を持った身ながら、おいそれと手を出すことはできなかった。彼女がそれを望んでいれば別であるが。

（ま、それはないよな）

　ずっと抱かれていないのは確かながら、欲求不満とは無縁のようである。また、刺激を求めてもいまい。貞淑そのものの人妻なのだから。

　そう思っていたのに、

「……ごめんなさい」

　小声で謝った涼花が、そっと身を剝がす。靖史は背中の手をはずした。

「いえ、いいんですよ」

　男らしく振る舞ったつもりが、潤んだ眼差しを向けられて動揺する。

「女って、弱い生き物なんですね。わたしだけかもしれませんけど」

「小野寺さん……」

「あの、もうひとつ、お願いしてもいいですか？」

「はい。もちろん」

「それじゃ――」

　彼女が立ちあがる。戸惑う靖史の手を取ると、

「いっしょに来てください」

　決意を秘めた面持ちで告げた。

2

連れて行かれたのは、和室であった。新しく入れ替えたのか、い草の青い香りが立ちこめたそこには、和箪笥ぐらいしか家具がない。

涼花は押し入れを開けると、中から蒲団をひと組出して敷いた。

（……いや、まさか、そんなことはないよな）

男と女の前に蒲団があれば、するべきことはひとつしか浮かばない。にもかかわらず、肉体を繋げる展開を想像できなかったのは、彼女がそんなことを求めるはずがないという思いがあったからだ。

しかし、涼花はお願いがあると言って、ここへ連れてきたのである。一緒にお昼寝をしてほしいのかと、性的な行為とは異なる理由を懸命に考える。

彼女は蒲団を敷き終えると、迷いを吹っ切るように息を吐き、カーディガンを肩からはずした。続いて、スカート、ブラウスの順で脱いでゆく。

（それじゃ、本当に――）

喉の渇きを覚えた靖史の目の前で、涼花はベージュのスリップ姿になった。

素敵な奥様にお似合いの、品のあるインナーも、ストラップが肩をすべり落ちる。均整の取れたボディを隠すのは、レースで飾られたブラとパンティのみだ。

涼花は蒲団の中に素早く入った。しばらくモゾモゾと掛け布団を動かしたあと、

「夏木さんも来て」

濡れた目で靖史を見あげ、口早に要請する。

「あ、あの」

「全部脱いでくださいね」

その言葉で、彼女がすでに全裸になっているとわかった。

求めているのは、ただのスキンシップなのか。それとも、もっと深い繋がりと、ひとときの快楽なのか。

未だ定かではなかったものの、勇気を振り絞ってのお願いであるのははっきりしている。それから、男として応えねばならないことも。

もはや迷っている暇はない。靖史は着ているものを脱ぎ捨てて全裸になると、涼花の隣に身をすべり込ませた。

ひとり用の寝具である。ふたりで入れば、当然ながら身を寄せ合うことになる。

もちろん彼女は、最初からそうするつもりだったのだろう。胸の震えるかぐわしさ

に包まれるなり、なめらかな肌が絡みついてきた。

（ああ……）

靖史は官能の心地にどっぷりとひたり、柔らかな裸体を抱き締めた。

涼花は毎晩、この蒲団で寝ているに違いない。リビングのソファで嗅いだ甘い匂いが、シーツに染み込んでいた。もちろん彼女自身も、濃密になったパフュームをぷんぷんと放っている。

「夏木さん――」

名前を呼ばれ、靖史は「は、はい」と、緊張を隠せずに返事をした。

「……ありがとうございます」

「え？」

「夏木さんに抱いていただいて、とても安心しました。わたし、もうずっと、こうされることを望んでいたんです」

自分はそこまで求められていたのかと、有頂天になりかけた靖史であったが、そうでないことにすぐ気がつく。寂しさから心が折れそうになっていた人妻は、誰かに縋りたくてたまらなかったのだ。

（本当は、旦那さんにこうしてもらいたいんだよな）

けれど、夫がいないから、代わりの腕で我慢しているのである。思いあがってはいけない。

「わたしは、弱い女なんです。寂しくても我慢しなくちゃいけないのに、夏木さんの優しさに甘えてしまって……」

自らを責める言葉に、靖史は「そんなことないです」とかぶりを振った。

「小野寺さんは、決して弱くなんかありません。甘えたいときには、甘えていいんです。それが当たり前なんです」

「ありがとう……夏木さん——」

涙声のお礼に続き、涼花がしゃくり上げる。彼女が顔を押しつける胸が、温かなもので濡れるのを感じた。

以前の自分なら、調子に乗って柔肌をまさぐり、了解も求めずセックスに至ったであろう。そうしないで相手を慮(おもんぱか)ることができるようになったのは、団地の人妻たちと経験を積んだおかげなのだ。

たとえ、全員がひと晩限りの関係であっても。

(紗絵さんもそうだったしな……)

先日の記憶が蘇る。

未亡人との三人プレイが、かなりの刺激になったらしい。紗絵は麗子が昇りつめたあと、靖史に二回目の挿入を求めた。

今度は正常位で激しく抽送され、彼女はぼんやりした快さを得たようである。終わったときにはセックスへの怯えは完全になくなり、夫もたくさん気持ちよくしてあげたいと、積極的なことを口にした。そうなれば、靖史はお役御免である。

だったら、隣の未亡人とこれからもと望んだが、それも叶わなかった。

あとで紗絵に聞かされたのであるが、麗子は会社の同僚から交際を申し込まれていたのだという。相手が五つも年下なので、受け入れるかどうか躊躇していたが、靖史と交わったことで決心がついたらしい。

『麗子さん、旦那さんも年上だったし、もともと年下には興味がなかったんですって。でも、夏木さんとしたおかげで、年下を可愛がってみたいって思うようになったそうです』

教えてくれた若妻は、さらに、

『実はゆうべ、ウチのひとと、制服を着てエッチしたんですよ』

と、大胆な報告までした。頬が淫蕩に緩んでいたから、夫もかなり昂奮し、激しく交わったのではないか。

ともあれ、三度も当て馬の役を担わされれば、また今回もと半ば諦めの心境になる。

(涼花さんは、旦那さんを愛してるんだ。ただ寂しくて、スキンシップを求めただけなんだからな)

そうだとしても、誰もが認める理想の奥さんと、素っ裸で同衾しているのだ。それだけでもかなりラッキーだと、ほんのり汗ばんだ背中をさすっていたら、

「むふッ」

こぼれた太い鼻息が、人妻の髪にかかる。靖史は腰をよじり、裸体を抱く腕に力を込めた。

「お、小野寺さん、駄目です」

声を震わせてたしなめたのは、しなやかな指が股間のイチモツを握ったからだ。

その部分は蒲団に入ったときから、猛々しく反り返っていたのである。涼花とは抱擁だけで、それ以上は望めないとわかっていながら、甘い香りと柔肌の感触に、劣情を抑えきれなかったのだ。

昂奮状態を悟られぬよう、靖史は腰を引き気味にしていた。そのため、やすやすと握られてしまったらしい。

「こんなになって……」

いつの間にか泣きやんでいた涼花が、手にした強ばりをそっとしごく。腰の裏にズキンと来る快感のせいで、堪えきれずに息が荒くなった。

（涼花さん、ひょっとして最初から――）

性的な繋がりを持つつもりでいたのだろうか。なのに靖史が手を出さないから、待ちきれずにペニスを握ったというのか。

（いや、決めつけるのはよくないぞ）

年下の男が勃起していることに気がつき、気の毒になって施しを始めた可能性もある。あるいは、お礼のつもりだとか。

涼花が顔をあげる。涙で濡れた目許がやけに妖艶で、靖史の胸は狂おしさにかき乱された。

「……わたしも、女なんですよ」

さっき口にした『弱い女なんです』とは、ニュアンスが異なっている。

「小野寺さん……」

「涼花って、呼んでください」

そう告げて、彼女が瞼を閉じる。赤みの差した唇を、そっと差し出した。

「涼花さん――」

もはや情動に逆らえず、靖史は荒々しく唇を奪った。

「むぅ」

かすかに呻いた人妻が、積極的に吸ってくる。靖史もそれに応え、ほんのりコーヒーの香りがする吐息を味わった。

程なく、ふたりの舌が戯れあう。

ピチャピチャ……。

口許からこぼれる水音を耳に入れながら、靖史は夢見心地の気分であった。感激で頭がぼんやりして、自分が何をしているのかすら見失いそうになる。

（──おれ、涼花さんとキスしてる）

そのことを自覚するなり、体幹を甘美な衝撃が貫いた。

「ふはぁ」

息が続かなくなったか、涼花がくちづけをほどく。濡れた目で靖史を見つめ、握ったままのペニスを情熱的にしごいた。

「あああ」

柔らかな手指で与えられる快さが、心情的な喜びによっても高められる。理想の奥さんとして名高い小野寺夫人に、いやらしいことをされているのだ。

「す、涼花さん」

靖史は息を荒ぶらせ、しっとりした背中を馬鹿みたいにさすることしかできなかった。その間にも性感は急角度で上昇し、気がつけば後戻り不可能な地点を突破していた。

「あ、ああっ、駄目です」

声を震わせて訴えると、涼花が「え？」と怪訝な面持ちを見せる。それでも手を動かし続けたものだから、歓喜の波が押し寄せた。

「あああ、で、出ます」

告げるなり、めくるめく瞬間が訪れる。靖史は分身をビクンビクンと脈打たせ、香り高い精をおびただしく放った。

3

（……おれ、早漏なんだろうか）

靖史は落ち込まずにいられなかった。人妻たちとの交歓でも、早々に噴きあげた場面があった。美菜子に風呂場でフェラチオをされたときも、あっ気なく爆発してしまったのだ。

しかし、握ってしごかれただけでイッてしまうなんて、あまりに情けない。

「いっぱい出したわね」

シーツに飛び散ったものをティッシュで拭い取った涼花が、ちょっとあきれたふうに言う。蒲団の脇に正座した靖史は、恥じ入ってうな垂れた。

「すみません……涼花さんの手が、ものすごく気持ちよくって」

「そんなことないと思うけど」

「それに、涼花さんは憧れの女性だったから感激して、我慢できなかったんです」

その言葉に偽りはなかったものの、ただのお世辞か弁解にしか聞こえなかったであろう。ペニスも羞恥の雫を鈴口に光らせ、縮こまっていた。

「もういいのよ。気にしないで」

慰めの言葉に、靖史は（あれ？）と思った。礼儀正しかった彼女の言葉遣いが、いつの間にかくだけたものに変化していたからだ。

手の愛撫だけで昇りつめ、恥じ入って落ち込んだ男が年下であることを思い知らされ、敬語を使う必要はないという心持ちになったのだろう。とは言え、嘲（あざけ）られているとは感じない。

むしろ、こちらに向けられた眼差しには、親しみが込められているようだ。

「こっちへ来て」

「え？」

「ここに寝てちょうだい」

促されるまま、靖史は蒲団に横たわった。尻に触れるシーツが精液で湿っており、居心地の悪さを感じながら。

涼花が腰の脇に膝をつく。包皮が戻って亀頭が半分も隠れた牡器官に、再び手をのばした。

「む――」

くすぐったい快さに、腰がわななく。背すじがゾクゾクする感じもあったが、直ちに海綿体が充血する気配はなかった。

(ま、それはそうか……)

彼女が『いっぱい出したわね』と口にした通り、かなり濃いものが多量にほとばしったのだ。それを拭い取るのに、ティッシュを何枚も浪費せねばならなかったほどに。

和室内にも、季節はずれの栗の花の匂いが、しつこく漂っていた。

「可愛いわ」

つぶやいた涼花が、包皮をつるりと剝く。あらわになったピンク色の粘膜を、指の腹で軽くこすった。

「うああ」

靖史はたまらず声をあげた。尻を浮かせ、もっとしてほしいとばかりに息を荒ぶらせる。

清楚で淑やかな女性という印象が強かったものの、彼女は人妻なのだ。男性器についても、夫との営みでどこが感じるのか知り尽くしているはず。

現に、しなやかな指が敏感なくびれを辿り、目のくらむ快美をもたらしていた。

(涼花さんが、おれのチンポを——)

すでにしごかれ、射精に導かれたのに、今のほうが愛撫をされている実感が大きい。さっきはいきなりで、余裕がなかったためだろう。そこが縮こまっているものだから、弄ばれているようでもあった。

「わたし、こういう可愛いオチンチンも好きよ」

照れくさそうな笑みを浮かべる、麗しの奥様。

(そんなはしたないことを言うなんて)

劣情がふくれあがると、涼花が唇を舐める。子供っぽいしぐさもやけに色っぽく思えたとき、彼女が手にしたものの真上に口を伏せた。

「え？　あ、だ、駄目です」

腰をよじって逃げようとしても、手遅れだった。軟らかな秘茎は、温かな唾液の海にどっぷりとひたっていた。

「ン……」

彼女が鼻息をこぼし、風で陰毛がそよぐ。それに昂ぶりを煽られたのと、舌が遠慮がちに戯れだしたのは、ほぼ同時であった。

クチュクチュ……チュッ。

ねぶられるペニスが、うっとりする気持ちよさにまみれる。その一方で、涼花の清らかな唇を穢すことに、罪悪感を覚えた。

たとえ、もう数え切れないほど、夫に同じことをしているのだとしても。経験がなければ、自らしゃぶるわけがない。

（うう、よすぎる）

罪悪感も愉悦に押し流され、海綿体に血液が舞い戻る。ムクムクと膨張し始めたそこから、涼花が口をはずした。

「あ、大きくなってきたわ」

嬉しそうに口許をほころばせ、唾液に濡れた筒肉をしごく。彼女の指をはじかんばかりの勢いで、分身はピンとそそり立った。

「すごい……もうこんなに大きくなったわ」

涼花が感嘆し、屹立に目を細める。すぐにでも挿れてほしそうな面持ちであった。

それでも、自分からおねだりはできなかったらしい。靖史の顔を見て、《したくないの？》というふうに拗ねた眼差しを向ける。男のほうから求めてほしいのだ。

そうと知りつつも、靖史は望まれたとおりに行動しなかった。その前にするべきことがあったからだ。

上半身を起こし、横に流された足首を摑むと、彼女が驚きを浮かべる。

「え、なに？」

「今度はおれが舐める番です」

下肢を引き寄せ、逆向きで上になるよう促すことで、何を求めているのか察したようだ。

「わ、わたしはいいわよ」

涼花が腰を引いて抗う。恥ずかしいところを年下の男の前に晒すのは、やはり恥ずかしいのだ。それでも、

「ちゃんと濡らさないと、これを挿れられませんよ」

舐めるのがセックスの条件であると匂わせ、握られた分身を脈打たせる。挿入してもらうには好きにさせるしかないのかと、涼花も諦めるしかなかったろう。

「でも、こんな格好で……」

シックスナインの体勢には抵抗があるらしい。けれど、無視して腰を抱き寄せると、渋々ながら靖史の胸を跨いだ。

三十一歳の人妻は、熟れた臀部のボリューム感がなかなかだった。いかにもみっちり詰まっていそうに、見た目で張りと弾力に富むのがわかる。

さらに、ぱっくりと割れた谷の底には、淫靡な景色がひそんでいた。

(ああ、涼花さんのオマンコだ)

胸が感動で満たされる。団地の男たちが熱い視線を送る奥さんの、秘密の花園を目撃したのだから。

やや栗色がかった秘毛は淡く、羞恥帯を草原のごとく覆う。その中心、赤らんだ皮膚が裂けたところから、ほころんだ花弁がはみ出していた。

狭間に覗く薄桃色の粘膜は、早くも蜜を滲ませているかに見える。クンニリングスを求められたとき、もう濡れているから必要ないと断ることもできたであろうが、さすがに恥ずかしくて言えなかったのではないか。

(涼花さんも昂奮してたんだな)

ペニスを愛撫し、絶頂に導いたことで昂ぶったのか。それとも、萎えた秘茎を含んでしゃぶったためか。

いや、全裸で抱き合ったときから、すでに気分が高まっていたとも考えられる。

秘苑からこぼれるのは、ヨーグルトを煮詰めたふうなかぐわしさ。リビングにいたときから嗅いでいた彼女自身の体臭とも、共通するものがある。

(やっぱりあれは香水とかじゃなくて、涼花さん自身の匂いだったんだな)

魅惑の眺めと淫惑のパフュームに酔いしれていると、不意に尻肉が強ばった。

「あ、待って」

浮きあがって逃げようとした双丘を、咄嗟に捕まえる。すると、成熟した下半身がイヤイヤをするようにくねった。

「お願い、シャワーを浴びさせて」

人妻が焦った声音で訴える。秘所が正直な匂いをくゆらせているのを、今さら思い出したらしい。

そんなことを許したら、せっかくのいい匂いが消えてしまう。靖史はお願いを無視してヒップを引き寄せた。

「キャッ、いやっ」

涼花が悲鳴をあげる。バランスを崩し、靖史の顔面に勢いよく坐り込んだ。

「むふふぅ」

もっちりしたお肉をまともに受け止め、息苦しくも陶然となる。湿った陰部に鼻面（はなづら）がめり込んだのを幸いと、秘臭を深々と吸い込んだ。

（うう、すごい……たまらない）

鼻奥にツンとくるそれは、悩ましくもクセになる芳香。いささかケモノっぽく、あの素敵な奥さんがこんな匂いをというギャップにもそそられる。

「イヤイヤ、バカぁ」

非難され、抵抗されても、靖史は尻を離さなかった。すると、涼花が泣きべそ声で懇願する。

「お願い、許して……そこ、汚れてるの。くさいのよぉ」

やはり洗っていない女芯の匂いが気になるようだ。もちろん靖史は汚れているとも、くさいとも感じていなかった。

（感じさせてあげれば、おとなしくなるかな）

舌を出し、狭間に差し入れると、熟れ腰がガクンとはずんだ。

「ひっ――」

涼花が息を吸い込み、裸身を強ばらせる。抵抗がおさまったのをいいことに、靖史は恥割れ内部を貪欲にねぶった。

「あああ、あ、だ、ダメぇえぇ」

嬌声がほとばしり、人妻の下半身が左右に揺れる。艶めいた反応に気をよくし、クンニリングスを続けることで、彼女の呼吸がせわしなくはずんだ。

粘っこい蜜が溢れ出し、舌に絡みつく。それを用いて、敏感な花の芽が隠れているところをほじるように舐めた。

「はひぃ、そ、そこぉ」

お気に入りのポイントであると白状し、淫華をせわしなくすぼめる。かなり感じているのは明らかで、もはや匂いなどどうでもよくなったと見える。

ピチャピチャ……ぢゅぢゅッ――。

クリトリスを舌先ではじき、音をたてて愛液をすする。涼花はいっそう乱れ、「イヤイヤ」とすすり泣いた。

「それ、よすぎるのぉ」

もしかしたら、夫のいない寂しさを、自らの指で慰めているのだろうか。そのときにしょっちゅう刺激しているから、秘核が感じやすいのかもしれない。

美しい人妻のオナニーシーンを思い浮かべ、靖史はますます劣情を高めた。指でするよりも気持ちよくしてあげようと、舌の律動を速くする。

「あうう、だ、ダメ」

顔に乗ったヒップが、ワナワナと震える。蜜汁も多量にこぼれ、早くも頂上に至りそうであった。

それを回避しようとしてか、涼花がまたも牡の漲りを頬張る。

「むふッ」

靖史は太い鼻息をこぼし、無意識に尻を浮かせた。それによって強ばりが口内へ深く入り込み、舌をねっとりと絡みつかされてしまう。

「ううう」

こちらも昂奮していたぶん、快感が大きかった。一度果てたあとだけに、早々に昇りつめる恐れはなかったものの、逆転される可能性はゼロではない。

そうはさせじと、硬くなった秘核を一心に吸いたてる。

「ぷはッ――」

涼花がペニスを吐き出し、下半身をはずませる。尻の谷がいく度もすぼまり、入り込んでいた靖史の鼻を挟み込んだ。

「だ、ダメ、もう……」

次の瞬間、女体がぎゅんと強ばる。細かく痙攣したのち、力尽きたように手足を投げ出した。

(え、イッたのか？)

クンニリングスで、軽く昇りつめたらしい。ハァハァとこぼれる息が、牡の鼠蹊部を温かく蒸らした。

ぐったりした人妻をシーツに寝かせ、靖史は真上から顔を覗き込んだ。

瞼を閉じた彼女は頬を紅潮させ、わずかに前歯が覗く唇の隙間から、甘酸っぱい吐息をこぼす。その表情は妖艶でありながら、どこかあどけなさも感じた。

(可愛いな)

愛しさが募り、靖史はそっと唇を重ねた。

「ん……」

涼花が瞼を開く。靖史は汗ばんだ額や、頬にも軽くキスをしてから、顔を離した。

「だいじょうぶですか？」

訊ねると、彼女がまばたきを繰り返す。自分に何が起こったのか、さっぱりわからないというふうに。

ところが、ハッとして目を見開くと、今にも泣き出しそうに顔を歪めた。

「ば、バカ」

靖史をなじり、いきなり頭をかき抱く。唇を奪うと、強く吸いたてた。

情熱的なくちづけに感激し、靖史もそれに応える。顔を傾けて唇を深く交わし、唾液と舌も求め合った。

胸の下に、ふっくらした乳房がある。そこに手のひらをかぶせ、指で挟んだ突起をくにくにと圧迫してあげると、裸体が切なげにくねった。

「ンふぅ」

小鼻をふくらませた彼女が、手を背中から下半身へと移動させる。ふたりのあいだで猛る肉器官に、しなやかな指を絡めた。

唇を離すと、涙で潤んだ目が、責めるように睨んできた。

「夏木さんのバカっ！」

強く罵られ、思わず首を縮める。

「あ、あんなキタナイところを舐めるなんて……病気になっても知らないから」

洗っていない女芯に口をつけられたことを、まだ気にしていたようだ。

「病気にならら、もうなってますよ」

「え？」

「涼花さんが大好き病に」

言ってから、さすがに照れくさくなり、靖史は苦笑いで誤魔化した。

「バカ……」

今度は優しく罵られ、強ばりきったペニスをゆるゆるとしごかれる。

「わたしのことが好きなら、これでいっぱい愛して」

「はい」

肉槍の穂先が、温かな潤みに招かれる。蜜穴の入口が、早く挿れてとせがむみたいに収縮しているのがわかった。

「こんなに硬いオチンチンって初めてかも」

はち切れそうな筒肉を強く握り、涼花が悩ましげに眉根を寄せる。彼女の夫は年上のようだったから、ここまで硬くなることはないのか。

（いや、だけど、初めてってことはないよな）

若いときには、もっと元気だったはず。それとも、自分のモノはそれ以上に力強いのであろうか。

「でも、硬いほうがお好みなんですよね？」

確認すると、涼花は答えることなく、恥じらいの眼差しで睨んでくる。

「いいから、これ、ちょうだい」

剛直から手をはずし、年下の男の二の腕に摑まる。

「わかりました」

靖史はそろそろと腰を沈めた。

「あ、あっ、くるぅ」

白い喉を反らして、人妻が声のトーンをあげる。深く迎え入れようとしてか、両脚を掲げた。

おかげで、抵抗らしい抵抗を受けることなく、狭い濡れ穴を侵略する。

「おおお」

ヌルヌルした柔ヒダでペニスをこすられ、靖史はたまらず喘いだ。ふたりの陰部が重なると、内部がキツくすぼまって、さらなる悦びをもたらしてくれる。

「す、涼花さん」

呼びかけると、彼女も息をはずませながら見つめてきた。

「夏木さんのが、奥まで来てるわ」

うっとりした声音で言い、両脚を牡腰に巻きつける。意識してなのか、キュッキュッと快い強弱で肉根をなだめた。

「涼花さんの中、すごく気持ちいいです」

「またすぐに出ちゃいそうなぐらい？」

悪戯っぽい微笑で訊ねられ、靖史はかぶりを振った。

「今度は、涼花さんを満足させられるまで頑張ります」

「うれしいわ。でも、よくなったら、中で出していいからね」

「え、本当ですか？」

確認すると、無言で蠱惑的な唇が差し出される。靖史は泣きたくなるほど嬉しくて、自分のものを重ねると熱烈に吸った。

チュッ……ちゅぱッ。

互いの唇を貪りながら、下半身も動きだす。くねる艶腰の中心を、靖史はリズムに乗って突いた。

「ん、ん、ん、んフッ」

涼花が息をはずませ、歓喜に裸身を波打たせる。ピストンが速くなると、とうとう唇をほどいた。

「ふは――あ、ああっ、深いぃ」

二の腕を握る手に力が込められ、味わっている悦びの大きさを訴える。

「ふん、ふん、ふん」

靖史も鼻息を荒ぶらせ、力強いブロウを繰り出した。

ちゅ、ちゅ、ちゅ、ちゅく――。

ラブジュースをたっぷりとこぼしているであろう蜜穴が掻き回され、卑猥な音をたてる。勢いよく腰をぶつけると、飛沫が飛び散るようであった。

「ああ、あん、あん、いい、いいの、もっとぉ」

貪欲に快楽を求めるのは、理想的な妻として、団地中の男から崇(あが)められてきた女性。こうして悦びに喘ぐ姿も、男にとっては理想であった。

(ああ、こんな素敵なひとと、セックスができるなんて)

有頂天になり、腰づかいにも熱が入る。まだ余裕があったから、浅く浅く深くとリズムを変えたり、ひねりを加えて貫いたりもした。

それは靖史にとって、初めての試みであったのだ。

「くううう、そ、それいいッ」

お気に召してもらい、肉体よりも精神的な満足感が著しい。一体感も強まった。

(これがセックスの醍醐味なのかも)

結婚して三年、妻以外の女性との行為で、ようやく真理を極めた気がした。

「も、ダメ……イッちゃいそう」

涼花が頂上に向かっても、つられて果てることはなかった。彼女をもっと感じさせたいという気持ちが、靖史を長引かせてくれたようである。

「あ、イク。ホントにイッちゃう」

熟れたボディがガクンガクンと波立つ。クンニリングスの比ではない快感を得たようで、女体が背中を浮かせてのけ反った。

「う、うう……ふはッ」

脱力し、柔肌を細かく痙攣させる。しかし、これで終わりではない。

(もっと気持ちよくしてあげますからね)

靖史自身も快さにどっぷりとひたり、気ぜわしいピストンを続けた。それにより、涼花がまたも上昇する。

「イヤイヤ、も、イッたのにぃ」

切なげに喘ぎながらも、悦楽の波に巻かれる団地妻。あの清楚な奥様がと目を疑うほどに、いやらしく蕩けた面差しを見せていた。

（おれのチンポで、涼花さんがこんなによがってるんだ）

おかげで腰づかいにも熱が入る。疲れも知らず責め続ければ、

「い――イクイク、イッちゃう、いやぁああッ！」

またもアクメ声を張りあげる彼女を抱き締めて、なおも肉の槍を突き立てる。そろそろ射精しそうな予感があった。

「お、お願い……許してぇ」

請(こ)われても無視して蜜窟を抉(えぐ)ることで、オルガスムスが津波の勢いで襲来する。それは涼花だけでなく、靖史をも巻き込んだ。

「いや、死んじゃう、イッちゃう、こ、こんなの初めてぇえええっ！」

「おおお、おれもいきます」

汗にまみれた人妻にしがみつき、靖史はめくるめく歓喜に意識を飛ばした。

びゅるんッ――。

熱い体液が潮となり、女体の奥に広がった。

エピローグ

たとえ自分のものにならなくても、少なくとも夫が出張先から戻るまでは、涼花と甘美なひとときを愉しめると思っていた。何しろ、あの日のセックスは最高で、彼女も失神したぐらいだったのだから。

ところが、その翌日に、涼花から思いもよらない報告を受けた。

「ウチのひと、プロジェクトの目途がついて、帰ってくることになったんです」

満面の笑顔で言われても、靖史は戸惑うばかりだった。激しく乱れる姿を見せられて、日が経っていなかったから尚さらに。

「えと、いつお帰りなんですか?」

「あさってなんです。あー、さっそく迎える準備をしなくっちゃ」

すっかり浮かれた様子の人妻に、では旦那さんが帰る前にもう一度なんて、とても誘える雰囲気ではなかった。しかも、

「昨日のことは、ふたりだけの秘密ですからね」

念を押されては、うなずくしかない。今にも踊り出しそうなステップで立ち去る彼女を見送り、靖史はがっくりと肩を落とした。

(まったく、誰も彼も、おれの上を通り過ぎていくだけじゃないか)

いい目にあったのは確かながら、これでは愚痴りたくもなるというもの。その晩、靖史は涼花の痴態を思い返してオナニーをし、虚しくザーメンをほとばしらせてからふて寝した。

その数日後の、夜のことである。

シャワーを浴びて歯も磨き、そろそろ寝ようかと寝室に入ったところで、玄関のほうから物音がした。

(え、誰だ？)

来客なら呼び鈴を鳴らすはず。というより、すでに十一時を回っている。こんな遅くに訪れる非常識な知り合いに、心当たりはなかった。

しかも、ドアが開く音がして、足音がこちらに向かってきたのである。

(あれ、ロックしてなかったのか？)

だとしても、勝手に入ってくるのは泥棒か強盗だ。警察に電話しようか、いや、通報しても間に合わないから、自分で退治するしかない。

(ええと、武器は)

あたりを見回しても、使えそうなものは皆無だ。そのとき、いきなり寝室の引き戸が開いたものだから、心臓が止まりそうになった。

「え?」

侵入者の正体がわかり、膝から崩れ落ちそうに脱力する。実家に帰った妻の知美であった。鍵を持っているから、呼び鈴など鳴らさずとも入ってこられたのだ。

「なに、まだ起きてたの?」

あきれたふうに目を細めた彼女は、頬がわずかに赤らんでいた。投げやりな口調からして、酔っているのではないか。

「何だよ、黙って入ってきて」

「ここはわたしの家だもの。入るのは自由でしょ」

「いや、それは……ていうか、こんな遅くにどうしたんだよ?」

「友達に呼ばれて、近くで飲んでたの。帰りが遅くなったから、今夜はここに泊まろうと思って」

まだ実家から戻るつもりはないらしい。靖史はやれやれと肩を落とした。

「わたし、シャワーを浴びてくるわ。蒲団、敷いておいて」

好き勝手に振る舞う妻に顔をしかめつつ、靖史はマットレスの上に寝床を整えた。

(ていうか、いっしょに寝るつもりなのか？)

夫婦だから当たり前でも、しばらく離れていたために、それでいいのかと悩む。とは言え、寝床はひとつだから、選択の余地はなかった。

バスルームから戻ってきた知美は、裸身にバスタオルを巻いただけの格好だった。しかも、素っ裸になって蒲団に入ったのである。

「おい、その格好で寝るのかよ」

「いいじゃない。面倒くさいんだもん」

以前はこんなふうではなかったから、酔っているせいなのだ。

久しぶりに目にした妻のヌードは、やけに新鮮だった。五人もの人妻や未亡人と、関係を持ったあとだからかもしれない。

そのため、だったら自分もという気になり、靖史も全裸で床に入った。

「なあ」

肩を抱き、肌をまさぐると、知美は瞼を閉じたままうるさそうに顔をしかめた。それでもキスをすると応えてくれ、歯磨き後の清涼な吐息にもドキドキさせられた。

それから、ふたりはしばらくぶりに交わった。

終わったあと、上気した面持ちの知美に見つめられ、靖史は（あれ？）と思った。

（こいつ、こんなに可愛かったっけ？）

彼女の頬が赤いのは、まだ酔っているためではない。行為の最中に、これまでになく敏感な反応を示し、よがっていた名残なのだ。

「気持ちよかったのか？」

ストレートな問いかけに、コクリとうなずく。それから、胸に甘えてきた。

「今夜の靖史、すごく優しかったね」

「そうか？」

「うん……だからわたし、あんなに感じたのよ」

言われて、靖史は反省した。これまで夫婦の営みが、自分の快感を優先させた、ひどく身勝手な行為だったことを。そのせいで、知美は悦びを得られなかったのだ。

もっとも、今夜の靖史は、意識して優しく振る舞ったわけではない。妻がいないあいだの数々の経験で、女性の扱い方を多少なりとも学べたから、いくらかマシになっただけなのだ。

もちろん、そんなことは知美には言えない。

「ひょっとして、お前が出て行ったのって、おれとのセックスに不満があったからなのか？」

「それだけじゃないけど……まあ、一番大きな理由かも。靖史は自分が気持ちよければ満足って感じだったから」

情愛を高め合う大切なひとときのはずなのに、欲望を発散するための道具のように扱われている気がしたのかもしれない。

「だったら、そろそろ帰ってこいよ。おれ、これからはちゃんと、お前を満足させられるように頑張るからさ」

「んー」

迷いを浮かべた知美が、ふたりの体液で濡れたペニスを握る。ヌルヌルとしごかれ、そこは再び力を漲らせた。

「え、もう？」

驚いて目を丸くした彼女が、恥じらいの笑みをこぼす。

「じゃあ、テストしてあげる。もう一回して」

「わかった」

靖史は妻の裸体を組み伏せた。

一年後――。

春の夜に、靖史はいつもの焼き鳥屋に立ち寄った。すると、カウンターにいた城山氏が、笑顔で手を挙げる。

「やあ、久しぶり」

彼とここで顔を合わせるのは、先月以来のことだ。

「お久しぶりです。いいんですか、こんなところにいて」

訊ねたのは、赤ん坊の世話をしなければならないとわかっていたからだ。

「たまには飲まないとやってられないよ。このところ、夜泣きがひどくてね」

「奥さん――美菜子さんに叱られませんか？」

「ちょっとぐらいなら大目に見てくれるさ」

彼の妻は育休を取っていると聞いたが、子育てには夫の協力が不可欠である。かなり大変なように見えて、それでも城山氏がどこか嬉しそうなのは、念願叶って子宝に恵まれたからであろう。

「でも、赤ちゃんが生まれてから、ここで会う機会が減りましたね。堀井さんもそうですけど」

堀井家の第一子は、城山氏のところと誕生日が一週間しか違わない。要は同じ頃に種付けがされたということだ。おそらく、靖史が彼らの妻を抱いたあとに。

「それだけ子育ては手がかかるってことだよ。夏木君だって、他人事じゃないんだからな」

靖史の妻、知美は実家に帰っている。今回は夫婦間の不和が原因ではなく、出産準備のためなのだ。靖史も週末には、彼女の元を訪れている。

「奥さん、何ヶ月なんだっけ？」

「七ヶ月です。予定日は五月の末ですね」

「じゃあ、飯塚君のところよりも早いのか」

飯塚夫人、紗絵も妊娠中である。団地内はおめでた続きで、このあいだの休日には、大きなお腹をした涼花が、夫と仲睦まじげに歩いているところを目撃した。

自分がセックスした人妻たちが、もれなく妊娠中や出産をしたわけである。靖史の胸中は複雑だった。自分が団地中に子種を振り撒いた気がするのだ。

もちろん、本当に我がタネで受精したのは、知美だけであるが。

「まあ、それにしても、ウチに子供ができたのは、夏木君のおかげだよ」

城山氏にしみじみと言われ、靖史は「よしてくださいよ」と返した。

「おれは単なる当て馬だったんですから」

「いや、そういうわけでもないんだよ」

「え？」

「実は、なかなか子供ができないから専門医に診てもらったら、おれの精子が足りなかったらしいんだ。それで、不妊治療をするとなると金がかかるし、だったら他で精子を調達すればいいかなと思ってね」

靖史は蒼くなった。では、あのとき中出しをさせたのは、受精のためだったのか。

「……し、城山さん。それって冗談ですよね？」

恐る恐る訊ねると、彼がニヤリと笑う。真相は藪の中だ。

（了）

※本作品はフィクションです。
作品内の人名、地名、団体名等は
実在のものとは関係ありません。

長編小説

おねだり団地妻（だんちづま）

橘 真児（たちばな しんじ）

2020年2月5日　初版第一刷発行

ブックデザイン……………………橋元浩明(sowhat.Inc.)

発行人………………………………………後藤明信

発行所………………………………………株式会社竹書房

〒102-0072　東京都千代田区飯田橋2－7－3

電話　03-3264-1576（代表）

03-3234-6301（編集）

http://www.takeshobo.co.jp

印刷・製本………………………中央精版印刷株式会社

ISBN978-4-8019-2146-7　C0193